Ralf Kramp
Schuss mit lustig

Vom Autor bisher bei KBV erschienen:

Tief unterm Laub
Spinner
Rabenschwarz
Der neunte Tod
Still und starr
... denn sterben muss David!
Kurz vor Schluss (Kriminalgeschichten)
Malerische Morde
Hart an der Grenze
Ein Viertelpfund Mord (Kriminalgeschichten)
Ein kaltes Haus
Totentänzer
Nacht zusammen (Kriminalgeschichten)
Stimmen im Wald
Voll ins Schwarze (Kriminalgeschichten)
Starker Abgang (Kriminalgeschichten)
Mord und Totlach (Kriminalgeschichten)
Totholz
Ihr Mord, Mylord
Abendlied
So tot wie nie (Kriminalgeschichten)
Aus finsterem Himmel

Ralf Kramp, geb. 1963 in Euskirchen, lebt in einem alten Bauernhaus in der Eifel. Für sein Debüt *Tief unterm Laub* erhielt er 1996 den Förderpreis des Eifel-Literatur-Festivals. Seither erschienen mehrere Kriminalromane und zahlreiche Kurzgeschichten. In Hillesheim in der Eifel unterhält er zusammen mit seiner Frau Monika das »Kriminalhaus« mit dem »Deutschen Krimi-Archiv« (30.000 Bände), dem »Café Sherlock«, einem Krimi-Antiquariat und der »Buchhandlung Lesezeichen«.
www.ralfkramp.de · www.kriminalhaus.de

Ralf Kramp

Schuss mit lustig

1. Auflage 2016
2. Auflage 2019

© 2016 KBV Verlags- und Mediengesellschaft mbH, Hillesheim
www.kbv-verlag.de
E-Mail: info@kbv-verlag.de
Telefon: 0 65 93 - 998 96-0
Fax: 0 65 93 - 998 96-20
Umschlaggestaltung: Ralf Kramp
Druck: CPI books, Ebner & Spiegel GmbH, Ulm
Printed in Germany
ISBN 978-3-95441-290-7

Für Ines und Peter
und
für Vanessa und Carsten

Inhalt

Verzweiflung .... Seite 9

Der beste Service .... Seite 11

Mit geübtem Blick .... Seite 17

Immer nur das Eine .... Seite 25

Ein Frühlingsgedicht .... Seite 43

Kasperle im Zauberwald .... Seite 45

Mein liebes Röschen .... Seite 61

Die Falle .... Seite 69

Das Tanzen der Wellen .... Seite 83

Ein Notruf .... Seite 97

Das Auge des Gesetzes .... Seite 99

Hier ruhst Du nun .... Seite 117

Das Grauen in der Bordtoilette .... Seite 123

Die Buchhändlerin .... Seite 141

Abwärts .... Seite 143

Das Schweigen der Handys ....Seite 159

Das Schweinchen .... Seite 173

Jutta statt Plastik .... Seite 185

Nix passiert .... Seite 201

Eifeler Eifersucht .... Seite 203

Der fiese Möpp .... Seite 215

Weihnachtsfeier mit Chef .... Seite 231

Lichterglanz .... Seite 235

Verzweiflung

Ich suche schon ein Jahr genau
Nach dem Mörder meiner Frau.

Das ist alles nicht zum Lachen.
Wirklich keiner will es machen!

Der beste Service

Frau Scheuermann ist unsere beste Kundin. Doch, doch, das wissen alle in meinem Team, und das erzähle ich auch jedem, der es hören will. Sie kommt pünktlich alle zwei Wochen, lässt sich von uns gerne die Termine so einrichten, wie sie uns am besten passen, und betont immer wieder, dass sie großen Wert darauf legt, dass wir nur die allerbesten Mittel verwenden. Waschen, färben, ondulieren ... ganz egal, was es kostet. Sie bekommt von uns den besten Service. Natürlich lässt sie sich nicht von irgendwelchen Angestellten bedienen, sondern nur von mir, von der Chefin persönlich. Aber über den Zwanzig-Euro-Schein, der hinterher ins Schweinchen wandert, freuen sich dann am Ende immer alle.

Sie plappert zu gerne vor sich hin, wenn ich ihr die Spitzen schneide oder die Lockenwickler ins Haar drehe. Ich weiß noch genau, wie erschrocken ich war, als sie mir damals zum ersten Mal zugeflüstert hat: »Meinen Mann Erwin, wissen Sie, den bringe ich demnächst um.«

Natürlich habe ich gewusst, dass sie es nicht wirklich tun will. Also, das Umbringen ihres Ehemanns und so. Es klang zwar durchaus ernst gemeint, denn sie lieferte mir auch gleich eine ganze Wagenladung an Motiven für diesen Mord: »Der ist faul, verfressen, versoffen, lügt wie gedruckt und beschimpft mich auf Teufel komm raus.« Und dann schickte sie mit dramatischem Blick hinterher: »Und jetzt geht er auch noch fremd!«

Ich habe ihr damals in aller Ruhe die teure Flieder-tönung in die Strähnen gepinselt und gedacht: Naja, das sagt man eben so. Aber ihre Augen haben mich im Frisörspiegel so feurig angefunkelt, und dann hat sie gezischt: »Ich habe überlegt, wie ich es mache. Ich drehe in seiner Werkstatt die Gasflasche auf. Da raucht er immer heimlich, da hat sich das ganz schnell mit einem Knall erledigt.«

In den folgenden Monaten hat sie mir immer wieder erzählt, was sie vorhat. Einmal wollte sie den Föhn in die Badewanne werfen, ein anderes Mal sollte ihr Erwin beim Reparieren der Regenrinne von der Leiter fallen. Ich glaube, sie hat mir in den letzten anderthalb Jahren sicher zwei Dutzend verschiedener Methoden genannt, mit denen sie ihren Mann ins Jenseits befördern könnte. Ich lächle dann immer nur freundlich und mache meine Arbeit. Mal mache ich ihr eine bombastische Hoch-steckfrisur, mal Extensions, mal flechte ich ihr Schne-cken, was in ihrem Alter ein bisschen albern aussieht, wenn Sie mich fragen. So eine Kundin hat man nicht alle Tage, die muss man immer gut behandeln. Reicht schon, dass die ganzen Friseusen schwarz Hausbesuche machen und mir die Kundschaft wegnehmen. Verste-hen Sie doch, oder?

Gestern sollte es wieder ganz was Besonderes sein. Neue Farbe, neuer Look. Frau Scheuermann hat sich überlegt, dass ihr so ein kinnlanger Bob in Platin mal ganz gut stehen würde. Während ich Volumenschaum in ihr dünnes Haar knete, beobachte ich im Spiegel, wie ihre Wangenmuskeln zucken. Sie ist heute alles andere als entspannt.

»Frau Scheuermann«, sage ich leutselig, »Wo drückt denn der Schuh?« Dabei weiß ich es doch schon längst. Ihre Augen wandern nach rechts und links. Sie will sich vergewissern, dass außer mir niemand zuhört. Frau Pringel rechts sitzt unter der Haube und Frau Zöller links liest die *Gala* und ist fast taub. Also sagt Frau Scheuermann leise, aber voller Hass: »Er will sich scheiden lassen, der Dreckskerl. Jetzt mache ich Ernst!« Und dann öffnet sie vorsichtig ihre Handtasche und lässt mich einen Blick hineinwerfen. Ich erkenne zwischen dem ganzen Krimskrams, den sie darin hat, einen Revolver.

Heute scheint mir Frau Scheuermann irgendwie ein bisschen neben sich zu stehen. Ganz verwirrt, die Arme. Als wir beratschlagen, welche Farbe am besten zu ihrem schwarzen Kostüm passt, ist sie richtig unkonzentriert. Sie hat außerdem Angst, auf der Beerdigung eine allzu extravagante Frisur zu tragen. Kann man ja auch verstehen, oder?

»Bald haben Sie alles hinter sich«, sage ich tröstend. »Und dann fängt Ihr neues Leben an. Da probieren wir wieder ganz viele neue Frisuren aus, was?«

Sie lächelt mich schwach an. Sie kann es immer noch nicht fassen, dass jemand ihren Erwin überfahren hat. Einfach so, in der Abenddämmerung am Zebrastreifen, mit dem Auto drüber und abgehauen.

Na, ich bitte Sie, was hätte ich denn sonst machen sollen? Etwa warten, bis sie ihn tatsächlich selbst um die Ecke bringt? Ich habe nun wirklich keine Lust, meine beste Kundin an den Gefängnisfriseur zu verlieren.

Mit geübtem Blick

Gib dir wenigstens ein bisschen Mühe, Dietmar! Man könnte ja meinen, es wäre dir lästig!«

»Es ist mir nicht lästig, Liebes. Aber das Vorlesen fällt mir nicht gerade leicht, während ich hier durch das Unterholz stakse.«

»Es reicht, wenn ich verstehe, was du vorliest. Du musst es ja nicht deklamieren. Aber eben auch nicht nuscheln.«

»Gut, also, wo war ich stehengeblieben?«

Sie rollte mit den Augen. Kein Mensch konnte so mit den Augen rollen wie sie. Sie drehten sich mit weit nach außen gerichteten, hellblauen Pupillen tief in den Höhlen. Großes Drama.

Seine Frau hatte einen regelrechten Luchsblick. Er als Optiker konnte das schließlich beurteilen. Trotz ihrer zweiundfünfzig Jahre hatte sich noch keinerlei Sehschwäche eingestellt. Das würde ihr auch nicht schmecken. Eine Brille? Niemals! Eher würde da gelinst und gelasert. Aber das war, wie schon gesagt, alles noch in weiter Ferne.

Manchmal war ihm ihr Blick einfach zu scharf. Ständig sah sie ihm auf die Finger, nichts machte er ihr gut genug, wirklich nichts. Dietmar fühlte sich oft wie ein ungebetener Gast im eigenen Haus. Und er hatte den Eindruck, dass es von Jahr zu Jahr schlimmer und schlimmer wurde.

»Ich dachte, das wäre mal eine Abwechslung«, maulte sie, während sie tapfer vorweg in ihren bunten

Designer-Gummistiefeln durch den Wald stapfte. »Und du magst doch auch Pilze!«

Eigentlich nicht so richtig, aber das durfte er nicht zugeben, dann wäre ihre Stimmung gleich wieder im Gefrierbereich.

»Dahinten sind Brombeeren«, sagte er, um überhaupt etwas zu sagen. »Und Hagebutten. Marmelade, Schatz, was hältst du davon?«

»Erst die Pilze. Lies mal weiter vor.«

»… ist die Färbung der Lamellen ein eindeutiges Unterscheidungsmerkmal. Sind sie rosafarben, ist er genießbar und sogar eine echte Delikatesse. Sind sie jedoch blassgrün, handelt es sich um den hochgiftigen Zwillingsbruder …«

»Du nuschelst!« Sie war schon wieder zehn Meter weiter vor ihm. Er musste aufpassen, dass er nicht über das Wurzelholz stolperte. »Ich verstehe überhaupt nichts!«

Wenige Schritte weiter, auf dem Weg oberhalb von ihnen, winkte jemand mit dem Arm. Ein Mann im Lodenmantel. Der alte Kosanke mit seinem Hund. Einer seiner Kunden.

»Herrlicher Sonntagnachmittag, was?«, rief der Alte fröhlich. »Frische Luft und die Köstlichkeiten aus dem Garten von Mutter Natur!« Schnaufend bahnte er sich einen Weg die Böschung herab zu ihnen herunter. Der kleine, zitternde Mischlingshund wollte nicht so richtig, aber Kosanke zerrte ihn hinter sich her.

»Ihre Frau Gemahlin?«, fragte Kosanke und neigte formvollendet den Kopf.

Sie reichte ihm ein wenig irritiert die Hand, ein Lächeln zuckte in ihren Mundwinkeln. Kavaliere alter Schule verfehlten bei ihr niemals ihre Wirkung.

»Liebes, das ist Herr Kosanke«, sagte Dietmar und schlug das Pilzbuch zu. Sie schenkte ihm einen kurzen, schnellen Seitenblick, in dem etwas Triumphierendes lag. Schau her, schien er sagen zu wollen, es gibt auch Männer, die wissen, wie man mit Frauen umgeht. »Sehr angenehm«, säuselte sie und ließ sich von Kosanke die Hand schütteln.

»Herr Kosanke ist ein Kunde von mir«, sagte er.

»Reizend, Ihre Gattin«, schnarrte Kosanke, »wirklich reizend.« Der Borstenpinsel an seinem Hut wippte fröhlich hin und her. Sein ausgestreckter Finger deutete auf den Korb. »Fantastisches Pilzjahr, oder? Kennen Sie sich aus?«

Ihre Mundwinkel zuckten wieder, und erneut traf ihn einer ihrer Seitenblicke. »Mein Mann hat da dieses Pilzbuch …«

Kosankes Lächeln verschwand. »Ein Pilz…*buch*?«

»Ja«, murmelte er. »Mit sehr guten Abbildungen. Eigentlich idiotensicher. Zuhause wollte ich dann alles noch einmal ganz genau nachprüfen.«

»Idiotensicher?«, kicherte der Alte. »Hören Sie, mein Lieber, ich war über vierzig Jahre lang Förster in diesem Wald. Glauben Sie, bei Pilzen kann man sich nie sicher genug sein!« Er beugte sich über den Korb. »Darf ich mal schauen?«

»Aber sicher.« Sie schob das karierte Tuch zur Seite und präsentierte stolz die üppige Ausbeute. »Sehen die nicht prachtvoll aus?«

Kosanke nickte langsam. Sein Hund umwickelte unterdessen seine Beine in den Kniebundhosen mit der Leine und winselte dabei ununterbrochen. »Da haben Sie ja allerhand zusammengesammelt.« Mit dem spitzen Zeigefinger stocherte er zwischen den Pilzen herum.

»Schön abgeschnitten und mit dem Pinsel gereinigt, wie es sich gehört«, sagte Dietmar unsicher. »Alles in Ordnung, oder?«

Kosanke seufzte. »Ich esse seit Jahren keine Pilze mehr. Der Magen. Nur noch gedünsteten Kram, mageres Hühnchen und dünne Wassersuppen.« Dann hob er den Kopf, und sein Blick suchte den von Dietmar. Seine Miene ließ jetzt alles Leutselige vermissen, seine Augen verengten sich zu Schlitzen. »Wissen Sie eigentlich, was eine Pilzvergiftung anrichten kann?« Es klang ungewöhnlich scharf. »Wissen Sie, was für Qualen über den armen Menschen hereinbrechen, wenn er sich in all seiner Unwissenheit auf ein *Pilzbuch* verlässt und dann irrtümlich die falschen Pilze in den Kochtopf wirft?« Das Wort *Pilzbuch* spuckte er regelrecht aus.

Jetzt wurde der Blick von Dietmars Frau leicht unsicher. Er wanderte zwischen den beiden Männern hin und her.

Dietmar begann zu stammeln. »Nun ja, ich bin ja kein Fachmann ... dieses Buch ... Und es war ja auch gar nicht meine Idee ...« Damit hatte er schon zu viel gesagt. Seine Frau reckte jetzt energisch den Korb nach vorne. »Können *Sie* mir denn helfen, Herr Kosanke? Ich möchte keinesfalls ... vergiftet werden!«

Kosanke nickte stumm, atmete tief durch, und begann sehr konzentriert, einzelne Pilze hervorzuholen, die er dann achtlos hinter sich auf den Waldboden warf. »Wichtig ist die Färbung der Lamellen«, murmelte er. »Ein untrügliches Kennzeichen. Leicht rötlich, nicht blassgrün. Weg damit!« Er sortierte weiter aus. »Und der hier auch ... der hier ...« Seine Stimme wurde immer leiser. Er schüttelte ab und zu den Kopf, und Dietmar glaubte etwas zu hören wie »unverantwortlich« und »lebensgefährlich«.

Schließlich richtete Kosanke sich wieder auf, stieg umständlich aus der Schlaufe, mit der sein Hund ihn umwickelt hatte und blickte jetzt Dietmar geradewegs ins Gesicht. Zuerst sagte er ein paar Sekunden lang gar nichts. Seine Augen versuchten nur in Dietmars Blicken zu lesen. Was sah er? Schuldgefühle? Angst? Scham? Das Gefühl, ertappt worden zu sein? Dietmar musste laut hörbar schlucken.

»Das, was da jetzt noch im Korb liegt, ist nicht mehr gerade viel, aber es reicht noch aus für eine kleine Pilzmahlzeit«, sagte der Alte mit grabestiefer Stimme. »Was für ein Glück, dass wir einander begegnet sind.« Es folgte wieder ein Moment eisiger Stille, in der er Dietmar mit unbarmherzigem Blick fixierte. »Und nun wünsche ich ihnen beiden noch einen schönen Sonntagabend!«

Wieder deutete er eine leichte Verbeugung an, und sie hauchte matt: »Vielen Dank für Ihre Hilfe.«

»Gern geschehen«, knurrte Kosanke. Dann stapfte er über den knisternden und knackenden Waldboden davon. Sein Hund, den er hinter sich herzerrte, zog dabei eine Schneise durch den dichten Laubteppich.

Dietmar seufzte lang und verstaute langsam das Buch in seiner Manteltasche. Seine Frau drehte sich erst gar nicht mehr zu ihm um, als sie mit tonloser Stimme sagte: »Ich denke, das reicht. Wir gehen!«

Stumm trottete er hinter ihr her.

Es waren wirklich nicht mehr viele Pilze übriggeblieben. Die würde er ihr großzügig überlassen, um sie zu besänftigen. Konnte sie ruhig alle alleine essen.

Es herrschte betretenes Schweigen, während sie zum Auto gingen und dabei über die Pilze hinwegtrampelten, die Kosanke aussortiert hatte. Nur irgendwo im Blätterdach über ihnen rätschte ein Eichelhäher.

Es bestand kein Zweifel daran, dass dieser Kosanke ihn vor seiner Frau wie einen waschechten Idioten hatte aussehen lassen. Das war natürlich wieder Wasser auf ihren Mühlen. Wie der ihn angeguckt hatte! Wie einen leibhaftigen Mörder! Der würde sicher nicht mehr so schnell in seinem Laden erscheinen.

Obwohl er doch sicherlich dringenden Bedarf hatte, dieser alte Trottel. Eine bemerkenswerte Rot-Grün-Farbenblindheit, doch, musste man schon sagen. Der würde sicher an jeder Verkehrsampel scheitern.

Dietmar hätte jetzt fast begonnen, fröhlich zu pfeifen, Aber das hätte seine Frau nur unnötigen Verdacht schöpfen lassen.

Immer nur das Eine

Es sind immerhin vier Beamte, die ihn zu den Einsatzfahrzeugen zerren. Er wehrt sich mit Händen und Füßen und brüllt wie am Spieß. »*Papierschiffchen! Zahngold! Mottenkugeln!* Ich kann an tausend verschiedene Sachen denken, hört ihr!«

Sie versuchen, ihn in einen Wagen zu verfrachten. Immer wieder reckt er den Kopf in die Höhe und schreit unentwegt. »Eine Million Dinge! Ich habe Milliarden von Gedanken in meinem Kopf, wirklich! Ich kann an *binomische Formeln* denken und an *Daktari!* An *braunen, süßen, klebrigen Hustensirup! Hundekuchen!* An *runde, mit Loch,* und an die *kleinen, eckigen Bröckchen!* An den Tag, an dem *Papst Johannes XXIII* gestorben ist! Es geht! Es geht wirklich!«

Schließlich wird die Tür zugeschlagen und das Motorengeräusch überlagert den letzten Rest seiner Stimme.

»Du denkst immer nur an das Eine«, sagte Kirsten und meinte es auch so. Was für andere Menschen eine dahingeworfene Floskel, eine leere Worthülse war, stellte für sie tatsächlich eine ernst gemeinte, unumstößliche Wahrheit dar. Sie glaubte wirklich, er sei sexuell überstimuliert, er stehe ständig unter Strom, weil seine Gedanken angeblich immer nur um ein und dasselbe Thema kreisten. Dass ihr das möglicherweise nur so vorkam, weil sie selbst ständig mit anderen Dingen beschäftigt war und während ihrer bis jetzt achtmonatigen Beziehung bislang noch nie die sexuelle Initiative ergriffen hatte, weil Erotik bei ihr stets auf dem letzten Tabellenplatz rangierte, daran dachte Kirsten wohl kaum. Weil Fleischeslust nun mal einfach nicht ihr Thema war.

Karsten vermutete, dass Kirsten so etwas war wie frigide, aber das gestand er sich nicht ein. Er liebte seine Freundin so, wie sie war. Kirsten und Karsten, sie waren ein Traumpaar, sie würden in drei Wochen heiraten und dieses Glück wollte er nicht durch unnötige Diskussionen aufs Spiel setzen. Oder durch schmutzige Gedanken. Es konnte ja nicht so schwer sein, einfach mal ein paar Tage nicht an Sex zu denken.

Dachte er.

Und Kirsten dachte das auch: »Es kann ja wohl nicht so schwer sein, mal einfach ein paar Tage nicht an Sex zu denken!«, hatte sie verächtlich gesagt.

Aus dieser Erwägung heraus war ein Versprechen entstanden. Karsten würde bis zu ihrer Hochzeit nicht mehr an Sex denken. In den Zeiten, in denen er im Materiallager einer Rohrleitungsbaufirma arbeitete, war er nicht gefährdet, da war er beschäftigt und keinerlei weiblichen Reizen ausgesetzt. Frau Köndgen aus der Registratur verfügte jedenfalls nicht darüber. Nein, die Freizeit war es, die sich als bisher vermintes Gelände herausgestellt hatte, durch das Kirsten ihn mit weiblicher Sensibilität zu leiten versprochen hatte.

Nicht dass sie sich extra zu diesem Zweck besonders hochgeschlossen und unzugänglich gekleidet hätte, das tat sie ohnehin immer. Vielmehr hatte Kirsten ein Programm für ihn aufgestellt, das es in sich hatte. Natur,

Kultur, Sport lautete das Motto. Also erkundeten sie an den Sonntagen Gebiete rund um Unna, die ihnen völlig fremd waren. Sie absolvierten Tagesmärsche mit an sich unnötigem, aber durchaus zweckmäßigem Gepäck. Und sie lernten eine Konzertlandschaft und einen musealen Reichtum der Region am Hellweg kennen, die dem Rohrleitungsbauer Karsten vermutlich für immer verborgen geblieben wären. Theater, Ausdruckstanz, Blockflötenkonzert, Autorenlesung, Bergwerksbesichtigung … Karsten stand die Kultur, wenn er ehrlich war, bis zur Oberkante Unterlippe.

Jetzt waren es noch zwei Tage!

Wirklich nur noch zwei lächerliche Tage und die wären schneller vorbei, als er sich's versah, so prall, wie sie mit keuscher Aktivität und sittsamer Aktion gefüllt waren.

Am Morgen, als er wach geworden war, hatte er sich erst einen Moment lang besinnen müssen, was heute auf dem Keuschheitskalender stand.

»Volkshochschule. Die Ausstellungstour«, hatte Kirsten gesagt und mit den Augen gerollt. »Hatten wir doch so geplant.«

Ja, hatte sie.

»Natürlich, natürlich.« Ein Blick auf die Uhr sagte ihm, dass es höchste Zeit war. Er hegte den Verdacht, dass sie ihn in den letzten Tagen extra lange schlafen ließ, damit er ihr morgens nicht mehr im Badezimmer begegnete. Irgendwie war es wirklich rührend, wie ernsthaft und überlegt sie ihn vor jeder Versuchung zu bewahren versuchte.

Wie etwa mit der Ausstellungstour, einer Busfahrt nach Schloss Cappenberg und Haus Opherdicke,

organisiert von der VHS Unna-Holzwickede-Frön-
denberg. Alles in allem eine Unternehmung, bei der
nicht die allergeringste Gefahr bestand, dass seine
Gedanken dabei auf sündige Seitenwege geraten
könnten.

Auf dem Parkplatz vor dem in moderner Schlichtheit
erstrahlenden Kreishaus hatte sich eine kleine, kultur-
interessierte Gruppe versammelt, deren Zusammenset-
zung ebenfalls eine hundertprozentige Garantie für die
völlige Abwesenheit etwaiger erotischer Irritationen
und hormoneller Herausforderungen darstellte. Zwei
Drittel Rentner, der Rest bestand aus drei pickligen
Studenten und zwei jungen Müttern mit quengeligen
Babys. Das sah gut aus.

Undeutlich nahm er am Rande des Parkplatzes eine
Plakatwand wahr und im selben Bruchteil der Sekunde, in der er etwas Hautfarbenes darauf zu erkennen
glaubte, drehte sich sein Kopf auch schon ganz auto-
matisch um hundertachtzig Grad zur Seite. Zack!
Nackte Haut in der Werbung bedeutete Gefahr. Das
hatte er längst im Griff. Da war er mittlerweile hervorragend konditioniert. Auch wenn möglicherweise nur
Putenschenkel, *extra fleischig*, offeriert wurden.

Schnell an was anderes denken: *Räucherstäbchen,
Ohrenkneifer, gebrannte Mandeln, Tintenkiller* …

Die Frau von der Volkshochschule war eine Hosen-
anzugträgerin unbestimmten Alters, mit kleinen, grau-
blonden Löckchen, einer Nickelbrille und einem Hauch
von Damenbart. Sie trug einen langen Doppelnamen,
den sich Karsten nicht einmal hätte merken können,
wenn er es gewollt hätte.

Der Busfahrer war ein kleiner, rundlicher Kerl mit grauem Schnurrbart, der sich launig mit »Hereinspaziert, ich bin der Gisbert« vorstellte. Beim Einsteigen half Karsten zuerst den Müttern mit ihren Kinderwagen und dann einem einbeinigen Rentner mit seiner Gehhilfe. Fahrer Gisbert schwenkte derweil den letzten Schluck Kaffee im Becher seiner Thermoskanne und schüttete ihn aus dem Seitenfenster. Dann ließ er die Finger knacken und startete den Bus.

»Viel Spaß, Schatz«, sagte Kirsten und drückte ihrem 26 künftigen Ehemann einen Kuss auf die Wange. Der einbeinige Opa rechts von ihm beobachtete das, reckte aufmunternd den Daumen nach oben und grinste verschwörerisch.

Kirsten hatte darauf bestanden, ganz vorne zu sitzen, um die Fahrt in ihrer ganzen Schönheit genießen zu können. Mit einem Ruck setzte sich der Bus in Bewegung und rollte durch Königsborn stadtauswärts. Gisbert drehte WDR4 an und zu den Klängen von *Hallo, NRW!* gaben die beiden Babys auf den Sitzen hinter Karsten gut gelaunte Quieklaute von sich. Die Mütter schnatterten über das Fernsehprogramm vom vergangenen Abend. Von rechts kamen der rasselnde Atem des Opas und das Pochen seiner Gehhilfe, mit der er den Takt zu Helene Fischer klopfte: »Atemlos durch die Nacht …« Die Sonne ließ die weißen Frisuren der beiden Omas auf den Sitzen vor Karsten und Kirsten aufleuchten. Es versprach ein entspannter Tag zu werden.

Die Hosenanzugfrau verteilte Prospekte und erklärte den Tagesablauf. Erst Schloss Cappenberg, dann Haus

Opherdicke, wo es einen kleinen Imbiss geben würde. Zwei völlig gegensätzliche Ausstellungen, der totale Kulturgenuss in einer Tour.

»Wir verstehen hier hinten nichts«, quakte einer der Studenten von der letzten Bank. Die Doppelnamen-Dame bekam von Gisbert ein Mikrofon gereicht und wiederholte alles noch einmal. Als sie fertig war, ließ sie sich erschöpft in ihren Sitz neben dem Einstieg fallen.

Aus den Lautsprechern plärrte jetzt Semino Rossi »Meine Sonne bist du« und in Karsten gewann die ungewisse Furcht Gestalt, dass sich irgendwann aus diesen Lautsprechern auch der Wendler über sie ergießen würde.

Der Verkehr hielt sich in Grenzen, es ging zügig in Richtung Kamen.

»Fahren Se mal rechts ran«, rief plötzlich der Opa ganz aufgekratzt, als sie auf der Kamener Straße fuhren. Ein roter Backsteinbau mit der Werbetafel *Club Bad Königsborn*.

Ein Bordell!

Hundertachtzig Grad – zack! Karsten riss den Kopf nach links.

… *Frühstücksbrettchen, Kaffeetassen, Butterdose* …

Der Busfahrer lachte dröhnend. »Auf der Rückfahrt vielleicht«, blökte er zurück.

… *Kirschmarmelade, Erdbeermarmelade, Quittengelee* …

»Woran denkst du?« Kirsten runzelte die Stirn.

»An Quark, Frischkäse, Wurst … nein, nicht an Wurst … Schinken roh, Schinken gekocht …«

Sie wandte sich irritiert ab und blickte aus dem Fenster. Lag da etwa schon Skepsis in ihrem Gesicht?

»Gehört das Ding nicht dem Puffkönig, der mal Bürgermeister werden wollte?«, fragte eine Oma.

»So weit kommt es noch«, empörte sich die andere. »Nee, nee, nee!«

»Wenn ich es dir doch sage! Dem wäre es aber langweilig geworden, da im Rathaus. Keine nackten Weiber mehr.«

Karsten begann, leise und mit zusammengebissenen Zähnen, die Namen der vorbeihuschenden Firmen vor sich hin zu murmeln.

… *Burger King, ATU, Kentucky Fried Chicken* …

Huch! Hatte er da gerade *Ficken* gesagt?

Wenn ja, hatte Kirsten es nicht gehört. Sie guckte weiter aus dem Fenster. Ficken, das fehlte gerade noch. Dann wäre der Ofen aber ganz schnell aus. Er fummelte die Prospekte der Kulturtour aus der Tasche und begann, darin zu blättern, um sich ein bisschen abzulenken. Eine Otmar-Alt-Ausstellung auf Schloss Cappenberg. Knallbunte Kringel, Punkte, Striche, lustige Fantasiefiguren. Und in Haus Opherdicke? Hans Trimborn, depressiver Künstler aus dem letzten Jahrhundert. Frauen mit züchtig geschlossenen Blusen, finstere Selbstporträts, einsame Landschaften. Super, da lauerte ja überhaupt keine Gefahr. Karsten atmete auf. Hätten unter Umständen auch Aktgemälde …

… *Hustensaft, eine Büchse Erbsen und Möhren* …

… mit Brüsten und üppigen Hinterteilen …

… *Dackel, Zylinderkopfdichtung* und … und … *Inge Meysel*

Kirstens Kopf ruckte zu ihm herum. Hörte sie seine Gedanken?

Da sah er das, was sie am Straßenrand entdeckt hatte, gerade noch im Augenwinkel. Ein riesiges Werbebanner mit der Aufschrift *Erotikmesse Hamm*!

Hundertachtzig Grad – zack! Sie versuchte, in seinem Gesicht zu lesen. Er blickte starr zum rechten Fahrbahnrand.

... Kirgisien, Eichhörnchen, Lego, Verbandskasten ...

Ein Schweißtropfen kullerte ihm die Schläfe hinunter. Kirstens Blicke glühten, schienen seine Haut zu verbrennen. Sein Kopf war garantiert rot wie ein Feuermelder.

Der Busfahrer musste plötzlich scharf bremsen, weil ein Fahrradfahrer vor ihnen einen riskanter Schlenker hinlegte. Alle Insassen zogen die Luft ein. Es zischte, wie Überdruck, der durch ein Ventil entweicht. Karstens Situation normalisierte sich wieder.

Er könnte doch einfach ein paar Minuten die Augen schließen, ein bisschen ruhen.

»Wenn ich ein bisschen döse?«, fragte er unschuldig.

»Mach mal ruhig.« Sie klang schon wieder ganz normal.

Von da an hört er nur noch, was um ihn herum geschah. Das war perfekt. Er konnte nicht mehr unbewusst reagieren. Kirstens Hand legte sich auf sein Knie. So ging es. Die ganze Welt konnte ihn mal. Übermorgen würde er heiraten, dann war der ganze Spuk vorbei. Dann würden er und seine Kirsten endlich mal so richtig *... Dörrpflaumen, Zahnseide, Traubenkernöl ...*

Die Frauen hinter ihm waren inzwischen bei einem kulturkritischen Vergleich von *Sex in the City* mit *Danni Lowinski* angekommen, der Opa sang leise mit Andrea

Berg »… bis dich der Wein zu müde macht … für eine schöne Liebesnacht.«

… ausgetrocknete Eddingstifte, Düsenjägerkondensstreifen, Scharlach …

Die beiden alten Frauen tuschelten aufgeregt: »Da vorne auf dem Pendlerparkplatz an der Autobahn, da haben die sich jede Woche getroffen und gesagt, sie hätten langen Donnerstag gehabt. Da war ein richtiger Pendelverkehr in dem Auto, das kannste mir aber glauben!«

»Nee!«

»Wenn ich es dir sage!«

… grobkörniges Schleifpapier, Dick und Doof, Mönch, Eiger und Jungfrau im Abendrot …

Jungfrau? Karsten kniff die Augen fester zusammen und hatte das Gefühl, dass Kirstens Hand sich verkrampfte. Er gab ein paar Schnarcher von sich und sabberte ein wenig, um zu signalisieren, dass er fest schlief.

»Der hat es ja mit jeder getrieben. Nicht nur im Auto!«

»Nein!«

»Doch, wenn ich es dir sage!«

»Spürst Du das leise Beben, dieses Zittern meiner Hände …«

»Und auch die Szene in *Desperate Housewives*, in der Bree ihren ersten Orgasmus hat …«

… Kunstrasen, Honig in Krankenhausportionsdöschen, Halma …

Sie erreichten Lünen.

»Da links ist dieses Schlaflabor«, sagte eine der Omas. »Würde mich nicht wundern, wenn er da auch sein

Unwesen getrieben hätte, der Wüstling. Der hat das überall gemacht.«

»Nee.«

»Wenn ich es dir doch sage!«

Karsten hob ein Augenlid und las *Bären-Apotheke*.

Er stöhnt leise. Bären!

... *Radkappen, Gummistiefel, Peter Scholl-Latour, par-boiled Reis* ...

Irgendwann waren sie an ihrem Etappenziel angekommen: Schloss Cappenberg. Das kannte er immerhin schon. Sehr ruhig, sehr gediegen, gefahrlos. Das war nicht gerade ein Lustschloss, das Freiherr vom Stein sich als Altersruhesitz auserkoren hatte. Und Otmar Alt? Kannte man ja. Von überall her. Von Plakaten, Bussen, Bahnen und so. Bunt und lebensfroh ...

Ein großformatiges Bild ließ Karsten stutzen.

Was war das? Beziehungsweise: Was sollte das denn sein?

Konzentrische Kreise, in der Mitte Punkte. Er legte den Kopf schief. Waren das etwa zwei ... zwei von diesen ... undenkbaren ... unaussprechlichen ... DINGERN?

Er floh mit großen Schritten aus dem Raum und rief Kirsten im Vorüberlaufen zu: »Bin mal auf dem Klo!«

Dort blieb er fast eine halbe Stunde. Als er zurückkehrte, fragte sie mit zusammengekniffenen Augen: »Was hast du denn die ganze Zeit gemacht, da drinnen?«

»Was soll ich denn schon gemacht haben?« Das war zu laut. Er musste sich zusammenreißen. Wenn er sie zu grob anfuhr, dann wurde sie immer gleich sauer. Dann war das hier gelaufen.

Er hatte da in der Abgeschiedenheit der Herrentoilette gesessen und versucht, alle Vogelarten aufzuzählen, von denen er je gehört hatte. Dann hatte er gemerkt, dass ›Vögel‹ viel zu sehr nach ›vögeln‹ klang und hatte sich auf Katzen konzentriert. Muschis – Es war wie verhext! Er hatte auf die Klopapierrolle gebissen und an Polartiere gedacht. Pinguine, Robben …

In seinem Inneren tobte ein Sturm. Er hatte das Gefühl, gleich von einem Orkan mitgerissen zu werden. Kirsten durfte immer wütend werden, er nie!

Als sie wieder in den Bus einstiegen, ballte er die Fäuste in den Jackentaschen und überließ es Gisbert, die Kinderwagen hineinzuheben. Auch dem Opa half er diesmal nicht.

Kirsten schwieg. Ja klar, er hatte schon zu viel gesagt. Gut, konnte sie haben. Er zog den Kopf zwischen die Schultern und betrachtete seine gefalteten Hände.

Wäre beten eine Option?

Wohl kaum.

Der Hosenanzug erzählte etwas über ihr nächstes Ziel, Haus Opherdicke. Den Studenten war es wieder zu leise und natürlich wurde alles über die Lautsprecheranlage wiederholt.

Sie umrundeten Werne und fuhren weiter südwärts, auf Bergkamen zu. Als der Hosenanzug nach der Ansage versuchte, das Mikrofon wieder auszuschalten, piepste es schrill, und Gisbert nahm es dem Hosenanzug aus der Hand und schien es plötzlich für eine glänzende Idee zu halten, für ein bisschen Stimmung zu sorgen. Also polterte es gleich darauf fröhlich aus dem

Lautsprecher: »Jetzt mal aufgepasst, hab ich dieser Tage an der Tanke gehört. Kann man ja mal erzählen: Nach der allerersten Liebesnacht seines Lebens sieht der junge Knecht die nackte Magd morgens am Waschtrog, wie sie die Arme nach oben reckt und sich die behaarten Achseln wäscht, und da ruft er aus: Wie, was, ist das wahr? Noch zwei davon?«

Das Gelächter fiel nicht einmal so dürftig aus, wie Karsten sich das in seinem ersten Schrecken erhofft hatte. Das war doch eine Kulturfahrt! Was fuhr denn hier für ein Pack mit? Selbst die pickligen Studenten schienen diesmal alles verstanden zu haben.

Kirsten räusperte sich vernehmlich. Ihr Blick sagte: Du denkst dran, du denkst dran, du denkst dran!

Er starrte sie an und dachte: *Streuselkuchen, Überweisungsträger der Commerzbank, Zahnbelag …*

Es war ein Kampf. Ja, das war es. Nichts anderes als ein erbitterter, gnadenloser Kampf, den sie hier ausfochten. Es ging ihr nicht mehr um die Sache, es ging ihr nur noch ums Prinzip!

Ortsausgang Bergkamen: *Erotic Fachmarkt!*

Hundertachtzig Grad – zack! Es ging doch! Er konnte es! Wieso akzeptierte sie das nicht? Warum quälte sie ihn denn nur so?

… eingewachsene Zehennägel, Strauchbohnen, die Brille von Nana Mouskouri …

Gisbert legte jetzt nach: »Beim Kreuzworträtsel: weibliches Geschlechtsorgan? Na?«

Eine der Omas fragte kichernd: »Senkrecht oder waagerecht?«

»Waagerecht!«

»Waagerecht? Mund!«

Jetzt hatte das Lachen alle angesteckt.

Alle außer Kirsten.

Und Karsten.

Die anderen lachten jetzt sogar, als an der Kamener Straße ein Matratzen-Outlet-Center auftauchte.

»Sollen wir anhalten?«, krähte der Einbeinige fröhlich. Eine Lachsalve!

Gisbert schien zur Höchstform aufzulaufen: »Warum onanieren Taubstumme mit der linken Hand?« Kurze Pause. »Weil sie mit der rechten stöhnen müssen!« Brüllendes Gelächter!

... *Sandalen, Salatgurken* ... Nein, *Salatgurken* nicht!

... *Rudi Carrell, Rasierschaum* ... Nein, *Rasierschaum* war auch ganz schlecht!

Der Bus schwankte nun regelrecht übers Land. Amüsiert und aphrodisiert. Gisbert trat tüchtig aufs Gas. Karsten traute sich nicht, nach links zu sehen. Er wusste, was ihn dort erwarten würde. Zuckende Mundwinkel, mahlende Kiefer, Augen, die sich mit Tränen der Wut füllten.

Er kannte das.

Er kannte das nur zu gut.

Er hatte das nicht verdient!

Sein Blick wanderte gehetzt umher und fiel in den Spiegel über der Frontscheibe. In dem gewölbten Glas sah er den breit grinsenden Gisbert. Er sah auch sein eigenes, blasses Gesicht mit den vor Schreck geweiteten Augen, und er sah die beiden Mütter auf dem Sitz hinter sich, die exakt in diesem Augenblick etwas Ungeheuerliches taten: Die eine knöpfte ihre blassgelbe Bluse auf und die andere hob den Saum ihres gepunkteten T-Shirts. Beide entblößten im nächsten Augenblick ihre großen, prallen Brüste, an deren breiten, rosigen Spitzen die Münder ihrer Säuglinge simultan andockten, zärtlich geleitet durch die sanften Hände ihrer Mütter. Jetzt ertönte direkt hinter seinem Kopf zufriedenes Schmatzen und muntere Sauggeräusche.

... *Milchtüten, Quarkbeutel, Wackelpudding* ...

Er biss sich auf die Zungenspitze und seine Fingernägel gruben sich in den geballten Fäusten tief in die Haut. Vielleicht lenkte ihn der Schmerz ab.

Der Bus geriet plötzlich vor Holzwickede aus irgendeinem Grund mit den rechten Rädern auf die Bankette und Gisbert riss das Steuer nach links. Er ließ mit schwungvollen Armbewegungen das Lenkrad kreisen, um wieder in die Spur zu kommen, als sei er der Kapitän des Fliegenden Holländers. Eine Klappe im unteren Teil des Armaturenbretts sprang jetzt auf und etliche Papiere glitten hinaus und fächerten sich auf dem Boden auseinander. Straßenkarten, *Sanifair*-Gutscheine, Pornohefte!

Hundertachtzig Grad – ging nicht! Da hätte Karsten nach hinten gucken müssen, zu den beiden Brüsten, oder nach links, geradewegs in das feindselige Gesicht seiner Verlobten.

Drei abgegriffene Hefte, deren knallbunte Titelbilder nichts vom saftigen Inhalt der Druckerzeugnisse zu ver-heimlichen versuchten.

Die Omas kicherten verschämt, der Hosenanzug blätterte plötzlich demonstrativ in seinen Unterlagen. Einzig der einbeinige Opa pfiff durch eine Zahnlücke, streckte seine Gehhilfe lang aus und zog eins der Hefte zu sich hinüber. Karsten erkannte gestochen scharfe Details. Sein Atem ging schwerer.

»Du Schwein«, zischte Kirsten. »Sag ich doch. Nichts als Sauereien im Kopf, von morgens bis abends. Du bist nichts weiter als ein erbärmlicher, notgeiler Waschlappen, der keine Gelegenheit auslässt, seinen dreckigen Fantasien nachzuhängen.«

Es war ihm, als platze in seinem Schädel ein riesiger Ballon voller Wasser. Er hatte das Gefühl, es schösse ihm aus den Ohren heraus, durch die Nasenlöcher. Ein Schrei wie von einem wilden Tier bahnte sich einen Weg durch seinen Mund. Dröhnend, rau, kehlig. Alle Insassen des Busses schraken zusammen und starrten ihn an, die Babys stellten das Schmatzen ein und Gisbert, der Busfahrer, starrte in den Spiegel anstatt auf die Fahrbahn.

»Ja! Ich! Will! Sex!«, brüllte Karsten und fuchtelte mit ausgestrecktem Zeigefinger herum. »Mit jedem! Jetzt gleich, hier. Mit denen und der und dem!« Der Zeigefinger zuckte zu den barbusigen Müttern, der VHS-Frau und zu dem Opa, der erschrocken sein Pornoheft umklammerte. »Ich will Sex mit jedem Einzelnen hier drin. Nacheinander, alle zusammen, mehrmals! Ich will Sex mit den Leuten in diesem Kasten da!« Vor ihnen tauchte die herrschaftliche Anlage von Haus Opherdicke auf. »Bei jedem, der mir begegnet, denke ich an Sex. Bei unseren Nachbarn, im Aldi, auf der Arbeit, im Zoo! Mit allen will ich vögeln, hörst du? Nur nicht mit dir! Was ich da vorhin auf dem Klo gemacht habe, willst du wissen? Ich habe mir einen runtergeholt!«

»Sie auch?«, fragte der Opa überrascht.

»Ich hab's doch gewusst«, wimmerte Kirsten tonlos. »Ich habe es die ganze Zeit gewusst. Du denkst immer nur an das Eine!«

Seine Hand riss wie von selbst den roten Notfallhammer aus seiner Halterung, ließ ihn weit ausschwingen, bevor seine metallene Spitze mit elementarer Wucht mitten auf Kirstens Stirn krachte. Es gab ein grässliches Geräusch. Ihre Augäpfel rollten noch einmal herum, verloren plötzlich jegliche Synchronität, dann seufzte sie ein letztes Mal auf und brach zusammen.

Der Opa schlug mit der Gehhilfe auf Karsten ein, die Omas kreischten, die Babys heulten los wie zwei Zwillingssirenen, der VHS-Hosenanzug versuchte mithilfe des schrill fiependen Mikrofons, die Passagiere dazu zu bewegen, Ruhe zu bewahren.

Gisbert riss das Steuer herum und donnerte auf das Gelände des Herrenhauses. Alle wurden durchgeschüttelt und in ihren Sitzen hin und her geworfen. Die Fliehkraft presste sie gegen die Außenwände, als Gisbert den Bus in einem riesigen Kreis auf dem gepflasterten Innenhof herunterbremste.

Karsten war schluchzend zusammengebrochen und hatte den Kopf im Schoß seiner toten Verlobten begraben.

Als der Motor erstarb und sich eine Art Schockstarre über alle Fahrgäste legte, glaubten sie, seine leise murmelnde Stimme zu hören: »*Fischstäbchen, Stacheldrahtzaun, vollgerotzte Taschentücher mit Karomuster, Busfahrkarten, die Mondlandung, Müll rausbringen, die fiese Zahnpasta mit Anisgeschmack, die du so magst, deine alten Joggingschuhe, die du im Garten benutzt, deine geronnene Sauce hollandaise, deine Haarspange aus Fimo …*«

Ein Frühlingsgedicht

Frühling will es wieder werden.
Onkel Paul liegt in der Erden,
Wurd' in der Silvesternacht
mit drei Kugeln umgebracht.
Wird den Krokus, die Narzissen
Nun von unten sehen müssen.

Tante Margot, seine Frau,
traf ihr Ziel schon recht genau.
Doch sie hat zu früh gelacht,
denn sie hätte nicht gedacht,
dass sie so rasch bei ihm liegt,
sich ihr Sarg an seinen schmiegt.

Denn die Schnur von der Gardine
Nahm zur Hand meine Cousine,
und hat damit ungerührt
ihr den dünnen Hals verschnürt.
Freilich ahnte sie noch nicht,
dass es sie bald selbst erwischt.

Nebendran liegt Vetter Lars.
Eben jener Unhold war's,
der den Schwesternmord verbrochen,
und sie mit dem Dolch erstochen.
Und trank Schnaps, den erst zuletzt
Onkel Paul mit Gift versetzt.

Hier ruh'n alle meine Lieben,
übrig bin nur ich geblieben.
Riech die Blumen, lausch den Vögeln,
die vergnügt am Himmel segeln.
Denke an das viele Geld,
das mir in den Schoß nun fällt.
Nie mehr Sorge und Beschwerden,
Frühling will es wieder werden.

Kasperle im Zauberwald

Dieser Morgen war einer, der am liebsten ein dämmriger Abend gewesen wäre, wenn man ihm die Wahl gelassen hätte. Die Wolken hingen wie ein Berg zerschlissener alter Bettwäsche über der kleinen Stadt mit ihren endlos erscheinenden Reihen kunstvoll gezimmerter Fachwerkfassaden. Das Schloss sah durch die Wasserschleier hindurch aus wie ein räudiger Wolf, der auf dem Bergrücken lauerte.

Kommissar Kasperle versuchte, den Pfützen auszuweichen. Sogar der Regen, der auf das Kopfsteinpflaster des Marktplatzes herunterpladderte, war nasser als sonst. Als er die Stufen zur Polizeistation hinaufgestapft war und die Eingangshalle betrat, schüttelte sich Kasperle wie ein Hund. Ein Nebel aus feinen Tröpfchen verteilte sich aus Haar und Dreitagebart rings um ihn herum. Selbst das Gesicht des Teufels auf dem Fahndungsplakat sah besser gelaunt aus als seines. Während er zu seinem Büro trottete, erwiderte er den freundlichen Gruß von Wachtmeister Dimpfelmoser nur mit einem Knurren und das fröhliche »Tri Tra« seines Assistenten Seppl, der gerade munter den Schwengel der hölzernen Kaffeemühle rotieren ließ, mit einem knarzigen »Trullala!«

»Käffchen, Chefchen?«

Kasperle winkte ab. Sein Sodbrennen war heute wieder höllisch. Mit der Säure, die sein Magen produzierte, hätte man zwei Schleiflackschlafzimmerschränke abbeizen können.

»Was gibt's Neues?«, fragte er ruppig, wrang seine Zipfelmütze aus und warf sich hinter seinen Schreibtisch.

»Neuer Erpresserbrief beim König. Er soll hundert Goldtaler ...«

»Jajaja, dasselbe wie jedes Mal! Weiter. Was noch?«

»Ein Brandanschlag auf das Lebkuchenhaus der Hexe. Dimpfelmoser meint zwar, es deute alles auf einen rechtsradikalen Hintergrund hin, aber ich schätze, es ist eher so eine Versicherungskiste. Die Hexe hat nämlich erst letzte Woche ...«

»Ach Scheiße, Seppl, verschon mich mit dem Kinderkram!« Er rieb sich über das stoppelige Kasperkinn, dass es knisterte wie eine zerknüllte Brötchentüte. »Gibt es denn nicht was Handfestes? Hab ich diesen Drecksjob vielleicht angenommen, um ...?« Ja, warum hatte er diesen Job eigentlich angenommen? Warum war er nicht Lokomotivführer geworden? Oder hatte den Dreiradverleih seines Vaters übernommen? An Tagen wie diesen erschien ihm alles so sinnlos, so leer.

In diesem Augenblick klopfte es an die Tür, und Wachtmeister Dimpfelmoser reichte mit einem wichtigen Räuspern ein vergilbtes Pergament herein. Als Seppl es umständlich aufgerollt hatte, warf er die Stirn in zentimetertiefe Falten.

»Potzblitz, das kommt ja wie auf Bestellung, Chef.« Er wedelte mit dem brüchigen Papier. »Jemand hat der Großmutter den Schädel eingeschlagen!«

Kasperle fuhr hoch, als habe jemand seine Batterien ausgewechselt. »Ein Mord? Hier bei uns? Und ausgerechnet die Großmutter?«

Er sah vor seinem geistigen Auge die knochigen Finger, die ihm *Werthers Echte* zugesteckt hatten. Und *Storck Riesen*. Er fixierte die alte Kaffeemühle auf Seppls Schreibtisch, die sie aus der Asservatenkammer *ausgeliehen* hatten, wo sie als wichtiges Indiz in einem der spektakulärsten Kriminalfälle der vergangenen Jahre gelandet war.

Ein Mörder war in der Gegend.

Kasperle schloss seine Schreibtischschublade auf und tastete darin herum.

»Du nimmst die Waffe mit, Chef?« Seppl kaute auf der Unterlippe.

Kasperles Finger fanden die bunt gestreifte Pritsche und holten sie heraus. Er hatte sie seit einer halben Ewigkeit nicht mehr benutzt. Das Training hatte er auch schon seit Jahren nicht besucht. Er war sich nicht sicher, ob er überhaupt noch damit umgehen konnte.

»Man kann nie wissen, Seppl«, murmelte er und wog sie in den Händen. »Man kann nie wissen.«

Sie war die einzige Großmutter der Stadt gewesen. Ihr familiäres Umfeld lag seit jeher in undurchdringlichem Nebel. Einen dazugehörigen Großvater hatte es nie gegeben, und auch etwaige eigene Kinder waren ihr nie zugeschrieben worden. Kasperle, der sich seit einigen Jahren hin und wieder in seiner knapp bemessenen Freizeit um die herzensgute, alte Greisin gekümmert hatte, hatte aus Neugier ein wenig nachgeforscht und herausgefunden, dass sie aus Otfried-Ostpreußler stammt, und dass Großmutter ihr Nachname war. Ihr vollständiger Name lautete Ann-Sophie Großmutter.

Rubinrotes Blut hatte ihre Spitzenhaube durchtränkt. Was zwischen ihren weißen Haarsträhnen an den Schläfen hervorgequollen war, sah aus wie Vanillepudding mit Mändelchen und ordentlich roter Grütze. Sie lag seltsam zusammengekrümmt vor ihrem Küchenherd. Der Topf Buchstabensuppe, den sie offenbar vor ihrem Ableben gekocht hatte, war zu Boden gestürzt, und sein Inhalt hatte sich überall auf den Küchenfliesen verteilt.

»Tri, tra, trullala«, murmelte Kasperle zähneknirschend und schluckte einen Schwall ätzender Magensäure herunter. »Was für Menschen sind das bloß, die so was tun?«

»Mörder vielleicht?«, mutmaßte Seppl.

»Keine voreiligen Schlüsse, Seppl! Und pass auf, wo du hintrittst. Wir sollten hier auch nichts anfassen, solange Dimpfelmoser noch nicht mit den Tatortgemälden fertig ist.«

Dimpfelmoser ließ schnaufend den Pinsel über das Büttenpapier tanzen. »Ich mach ja schon, Kommissar Kasperle. Ganz schön schwierig, denn mein Rot ist leer.«

Kasperle blickte sich in der Küche um. Eine dunkel glänzende Holzbalkendecke, rustikal verputzte, ockergelbe Wände, Kupferkessel und pastellfarbene Trockenblumensträuße überall. Spitzendeckchen auf dem Tisch, Blumenornamente auf dem Porzellan, floral gemusterte Vorhänge, gerüschte weiße Gardinchen ... Meine Güte, wie konnte ein Mensch nur so herunterkommen!

Er betrachtete die zierlichen Bilderrähmchen, die kunstvoll gedrechselten Holzstühle und die bunt bestickten Geschirrtücher am Haken, und er dachte darüber nach, wie wenig er über die Großmutter wusste und über das, was in ihrem Leben anscheinend aus der Bahn geraten sein musste und sie in diesem Loch hier hatte hausen lassen.

»Sollen wir jetzt die Zeugin befragen, Chef?«, fragte Seppl und trippelte auf Zehenspitzen zwischen den Suppenpfützen umher. »Die Frau, die sie gefunden hat?«

»Jaja, meinetwegen. Wo ist sie?«

»Draußen am Ziegenstall. Sie musste an die frische Luft.«

Kasperle ging hinaus und umrundete das elende kleine, reetgedeckte Fachwerkhäuschen mit den erbarmungswürdig grün lackierten Holzläden an den Fenstern und den malvefarbenen Stockrosen, die überall wucherten.

Sie stand mit hochgezogenen Schultern da und hatte ihm den Rücken zugewandt. Als sie ihn kommen hörte, drehte sie sich langsam um, und es haute ihn fast aus seinen orangefarbenen Schnabelschuhen. Ein Tornado von Erinnerungen begann sich in diesem Moment um ihn zu drehen. Schnell und schneller werdend, so dass er weiche Knie bekam und sich kaum noch auf den Füßen halten zu können glaubte.

Sie strich sich eine regennasse Haarsträhne aus dem Gesicht und schenkte ihm ein scheues Lächeln.

»Gretel«, hauchte er benommen. »Du bist zurückgekommen?«

»Ja, ich bin wieder da.« Ihre Stimme klang wie Akazienblütenhonig. »Und es ist alles noch so wie früher.

Sogar die Geißen Carmen und Robert sind noch da. Nur die Großmutter ...« Ihre Stimme erstarb, und mit einem Mal schossen ihr die Tränen in die Augen, und sie warf sich an Kasperles Brust. »Ich hätte nie fortgehen dürfen«, schluchzte sie.

»Vier Jahre«, sagte Kasperle leise. »Vier schrecklich lange Jahre.«

Vor den Fenstern des Polizeireviers herrschte bereits finsterer Abend. Und auch im Rest des Städtchens. Gretel trank ihren siebten Malzkaffee und blätterte tapfer ein Fahndungsalbum nach dem nächsten durch. Immer wieder schüttelte sie ihren Kopf, wenn Seppl fragte: »Wie wäre es mit dem? Oder dem? Oder vielleicht der?«

Sie hatte einen Mann aus dem Häuschen der Großmutter kommen sehen und war sich sicher, ihn wiedererkennen zu können, wenn man ihr ein Bild von ihm zeigte.

Aber keiner der abgebildeten Gauner schien auf ihre Beschreibung zu passen. Der eine war ihr zu dick, der andere zu dünn.

»Der da hat ein Kinn wie die Drossel einen Schnabel«, spottete sie einmal.

»Oh, das ist der König«, sagte Seppl. »Wie kommt der denn da rein?«

»§ 11 Absatz 1 Nummer 2a StGB - Steuerhinterziehung als Amtsträger.«

Kasperle spielte träge mit dem Glöckchen seiner Zipfelmütze und entlockte ihm ein zaghaftes Klingeln. Er konnte seinen Blick nicht von Gretel nehmen, die mit geröteter Stupsnase über die Alben gebeugt saß.

Oh, wie er sie kannte, diese unbändige Hitze in ihrem bebenden Körper. Wieviele Stunden zügelloser Leidenschaft hatten sie damals miteinander verbracht? Hatten sich geliebt, im Gästezimmer der Großmutter. Auf dem gluckernden Wasserbett, im sprudelnden Whirlpool ... Auf der Dampfbügelstation der Alten hatte die Aufheizzeit nur zwei Minuten betragen, und einzig die Abschaltautomatik hatte Schlimmeres verhindert.

Gretels Finger begann plötzlich zu zittern. Sie deutete auf eines der Portraits und sagte aufgeregt: »Der da! Der war es! Den habe ich aus dem Häuschen kommen sehen.«

Seppl sog scharf die Luft ein und warf Kasperle einen alarmierten Blick zu. Der stürzte hinter seinem Schreibtisch hervor und betrachtete das Bild. »Verfluchte Scheiße! Bist du dir sicher?« Sie nickte so heftig, dass ihr blondes Haar hin und her flog. »Ganz sicher, Kasperle. Der war's!«

Die unverkennbar grünliche, schuppige Haut, der kahle Schädel, die verschlagenen, kleinen, gelblichen Augen und das unverschämte Grinsen, das eine Ansammlung verfärbter, schief stehender Zähne offenbarte. Sowohl in der Unterwelt als auch in Ermittlerkreisen kursierte nur der Name »Koks-Krodil«. Seppl las laut die Angaben unter dem Portrait vor: »Alfred Krodil, geboren 1954 im Sudan, seit 1983 im Königreich, benutzt auch die Decknamen »Ali Gator« und »Kai Man«. Betreibt diverse Imbissbuden, Spielhöllen und andere Vergnügungslokalitäten im Städtchen. Mehrfach Verurteilungen wegen Gewalt- und Drogendelikten.«

Kasperle schlug mit der Faust auf den Tisch, sodass die beiden anderen zusammenschraken. »Ausgerechnet Koks-Krodil! Seit Jahren bin ich an diesem Ganoven dran, und nie kann ich ihm was nachweisen! Wenn ich nur schon diese grüne Schnauze und dieses dreckige 72-zähnige Grinsen sehe, könnte ich auf der Stelle ...«

»Ruhig Chef.« Seppl legte ihm die Hand auf den Arm. »Vielleicht kriegen wir ihn ja diesmal dran.«

Kasperle musste sauer aufstoßen, und plötzlich kräuselten sich seine Lippen zu einem sardonischen Lächeln.

»Vielleicht hast du recht, Seppl. Womöglich ist er diesmal einen Schritt zu weit gegangen.«

Wie von selbst hatte sich Kasperles Hand auf Gretels Schulter gelegt. Als sie zu ihm aufblickte, zog er sie rasch weg.

Als Koks-Krodils Zentrale war für Eingeweihte *Der Zauberwald* bekannt, ein heruntergekommener Nachtclub am Rande des Städtchens. Trotz der späten Stunde war noch nicht viel los, und als Kasperle und Seppl eintraten, drehten sich sofort alle Köpfe zu ihnen um. Die Musik des Leierkastenmanns erstarb, und Kasperle fragte laut in die entstehende Stille hinein: »Seid Ihr alle da?«

Als Antwort ertönte ein klägliches, wenigstimmiges »Ja!«

Zwei knapp bekleidete Puppen lösten sich mit einem schmatzenden Geräusch von der versifften Theke und kamen auf sie zugewackelt.

Die eine begann sofort damit, an der Quaste von Seppls Mütze herumzufummeln, und die andere kniff

Kasperle in seine große, rote Hakennase und säuselte: »Ihr habt zwar Zipfelmützen auf, Jungs, aber Bullen rieche ich zwei Meilen gegen den Wind. Aber heute sind wir nicht wählerisch. Nix los. Gebt ihr uns einen Himbeersirup aus?«

»Verzieh dich«, knurrte Kasperle. »Wir sind nicht zum Vergnügen hier.«

»Genau!«, bestätigte Seppl. »Wo ist Koks-Krodil?«

Die beiden Puppen erstarrten, und im Hintergrund ertönte ein heiseres Lachen. »Wer will denn da was von mir?«

Krodil hatte die kurzen, grünen Ärmchen auf dem Tresen übereinandergelegt und fletschte seine Zähne. Dichter Qualm quoll zwischen ihnen hervor. Zwischen den Krallen seiner rechten Tatze schmurgelte eine Schokoladenzigarre munter vor sich hin.

Den Mann neben ihm kannten Seppl und Kasperle auch. Er versuchte zwar unauffällig sich in den Schatten zu schieben, aber der struppige kleine Kinnbart und der große, spitze Hut mit den goldenen Monden und Sternen waren unverkennbar.

»Ah, Zwackelmann«, sagte Kasperle lässig. »Stören wir hier vielleicht eine geschäftliche Unterredung?« Es war gemeinhin bekannt, dass Zwackelmann, den sie den »Zauberer« nannten, über die modernste Drogenküche des ganzen Königreichs verfügte. Er fabrizierte Crack und Chrystal Meth und Speed und *Tweety und Sylvester* und *Fix und Foxi* und wie das ganze Dreckszeug hieß, das die Leute heute einwarfen, statt wie früher ab und zu mal Pilze zu rauchen oder hin und wieder mal am Froschkönig zu lutschen.

Krodil lachte wieder sein heiseres Lachen, das sich anhörte wie sechs Kubikmeter Kies, die vom Laster gekippt wurden. »Der Petrosilius und ich, wir sind nur gute, alte Freunde. Wir trinken hier zum Feierabend ein Schöppchen Vanillemilch zusammen.« Er winkte lockend mit einem seiner verhornten, grünen Finger. »Wollt ihr euch nicht ein bisschen zu uns setzen, Jungs? Ihr wisst doch, dem guten alten Krodil kann keiner was anhaben. Der hat einen dicken Schuppenpanzer, an dem beißen sich alle die Zähne aus.«

Seppl nahm all seinen Mut zusammen und fragte: »Wo waren Sie heute Morgen zwischen zehn und elf Uhr?«

Krodil gluckste vor Lachen und nuckelte wieder an seiner Zigarre. »Uiuiui, das wird ja auf einmal richtig amtlich hier. Was ist denn passiert? Hat wieder jemand eine Kaffeemühle gemopst?«

Kasperle beugte sich in scheinbarer Vertraulichkeit zu ihm hinunter und zog das Bild der toten Großmutter aus dem leuchtend roten Wams. »Dieses Mal kommst du mir nicht davon. Das warst du, du giftgrünes Stück Scheiße«, raunte er Koks-Krodil in sein nicht vorhandenes linkes Ohr. »Ich habe Zeugen.«

Krodils Lachen erstarb. »He, was soll das? Wer soll das sein?«

»Du kennst sie ganz genau, Krodil. Das ist die Großmutter. Jemand hat der armen, alten Frau den Schädel eingeschlagen, und ich weiß auch, wer es war. Ich sehe was, was du nicht siehst, und das ist grün.«

Krodil zog zornig die Augenbrauen zusammen. »Sekündchen mal, du Wicht. Da läuft was falsch. Was willst du mir da anhängen?«

»Sie sind beobachtet worden, wie Sie aus dem Häuschen ...«, hob Seppl mit strenger Stimme an.

»Aber warum denn?«, brüllte Krodil und riss das Maul weit auf. »Warum sollte ich denn der alten Irren ...« Und plötzlich fand die Heiterkeit zurück in das Gesicht des alten Reptils. Ein Lachen kämpfte sich seinen Schlund hinauf und brach sich Bahn, laut und dröhnend, bis ihm unsichtbare trockene Tränen aus den Augen quollen.

»Lass mich mal raten. Es war diese kleine Schlampe, die mich angeblich da am Tatort gesehen hat, stimmt's?«

»Wir können leider keine Auskunft über unsere Zeugen ...«

»Ach Scheiße!«, blaffte Krodil und tippte mit seiner Kralle auf das Tatortgemälde. »Guckt doch mal hier, Ihr Pappmascheenasen! Könnt Ihr etwa nicht lesen?«

Kasperle und Seppl beugten sich über das Bild, und tatsächlich markierte Krodils Kralle ein Detail, das ihnen bis jetzt entgangen war.

Dicht neben den knöchernen Fingern der Toten lagen die Nudeln der Buchstabensuppe zu ein paar Worten aneinandergereiht. Die Großmutter musste im Todeskampf noch mit letzter Kraft versucht haben, einen vagen Hinweis auf ihren Mörder zu hinterlassen. Seppl las laut vor, was dort geschrieben stand: »Es war die Gretel im Großmutterhäuschen mit der Rohrzange!«

»Die will mich reinlegen!«, röhrte Krodil heiter und schlug Zwackelmann auf die Schulter. »Dieses kleine, dreckige Miststück haut einfach ab und versucht, dem alten Krodil einen reinzuwürgen!«

»Haut ab ...?«, fragte Kasperle tonlos. Er konnte den Blick nicht von der unmissverständlichen Suppennudelnbotschaft abwenden. »Von wo?«

»Na, aus meinem Club, wo sie die letzten Jahre verbracht hat. *Ali Babas Räuberhöhle.* Kennt ihr doch bestimmt. Hat da immerhin vier Jahre für mich angeschafft, die kleine Schnecke!«

»Gretel?« Kasperle spürte, wie die Magensäure hochblubberte. »Angeschafft?«

»Oh ja, sie war die Beste! Ein richtig verdorbenes, kleines Luder. Sie hat es getan, weil die Großmutter sonst ihr Häuschen losgewesen wäre. Hat sich voll verspekuliert, die Alte. Fette Immobilienpleite im Schlaraffenland. Und dann hat Gretel sich geopfert und immer schön die Beine breit gemacht, weil der liebe Krodil der Oma nämlich finanziell den Hals gerettet hat.«

Jetzt begann Petrosilius Zwackelmann an seiner Seite zu kichern. »Aber als du ihr vorgestern gesagt hast, dass der Kredit schon seit zwei Jahren abbezahlt ist, und dass die Großmutter seitdem die Kohle für ein Häuschen an der Costa Brava bunkert, da hättet ihr vielleicht mal ein blödes Gesicht sehen können!«

Kasperle presste die Lippen fest zusammen. Er hatte das Gefühl, kotzen zu müssen. Dieses Ungeheuer hatte seine Gretel gezwungen, zu ... Und die Großmutter hatte zugelassen, dass ... Und Gretel war zur Großmutter gegangen, um ...

Koks-Krodil lachte sich kringelig. »Die Gretel, die hätte gerne noch ein paar Jährchen bei mir weitermachen können. Die hatte es drauf. Oh Mann, hatte die es drauf! Weißt du noch, Petrosilius, bei der Weihnachtsfeier von den Sieben Zwergen?« Die beiden fielen fast vom Barhocker vor Lachen.

»Das wirst du büßen, Krodil.«

»Mach doch nicht so ein Theater, Kasperle.« Krodil drückte die Schokoladenzigarre im Aschenbecher aus.

Seppl sah, wie Kasperles Wangenmuskeln zu zucken begannen. Er beobachtete, wie seine Hand nach der Pritsche tastete, die im Gürtel steckte, aber bevor er reagieren konnte, hatte Kasperle sie schon herausgerissen und ließ sie durch die Luft sausen. Seppl schrie noch ein langgezogenes »Nicht, Cheeeef!« und wollte Kasperle in den Arm fallen, aber ein lauter Knall zerfetzte bereits die Luft, und Krodil stürzte rücklings zu Boden. Zähne prasselten über das zerschrammte Parkett, Blut spritzte auf die Gläser von Zwackelmanns Brille und auf die Sterne und Halbmonde auf seinem Hut.

Krodil zuckte noch ein paarmal hin und her, dann erstarben seine Bewegungen, und der Blick seiner gelben Augen brach.

Als Gretel von Wachtmeister Dimpfelmoser abgeführt wurde, drehte sie sich noch einmal zu Kasperle um, aber der starrte nur aus dem Fenster, obwohl es dahinter nichts weiter zu sehen gab als die finstere Nacht über dem Städtchen. Eine Nacht, in der das Verbrechen regierte, in der das Böse zwischen den Puppenhäusern herumschlich, in die sich das Gute verkrochen hatte.

»So, jetzt geht's nach Hause, Chef«, sagte Seppl und blies seine Schreibtischkerze aus. »Wir sollten uns eine Zipfelmütze voll Schlaf gönnen.«

Kommissar Kasperle nickte langsam, und sah Gretel hinterher, die draußen von Dimpfelmoser durch den strömenden Regen zu der vergitterten Kutsche geführt wurde. Er seufzte tief und dachte daran, wie gut es doch war, dass er dieses Kapitel schon lange abgeschlossen hatte.

Seppl hauchte ihm einen zärtlichen Kuss hinters Ohr. »Gehen wir zu dir oder zu mir, Chef?«

»Ich hab keine Zahnpasta mehr.«

»Okay, also zu mir. Dann besorg ich uns noch schnell nen Hirsebrei To Go vom *Tischlein Deck Dich*, und dann machen wir es uns bei mir schön kuschelig.«

Kasperle kniff ihn seufzend in eines seiner roten Apfelbäckchen und sagte leise: »Was würde ich bloß ohne dich machen, mein Schatz?« Dann griff er seine Zipfelmütze vom Garderobenhaken und verließ das Büro, und sein Glöckchen bimmelte leise.

Mein liebes Röschen

Mein liebes Röschen,

gestern bin ich an der Mosel angekommen. Sicher verstehst Du, dass ich hier pausenlos an Dich denken muss. Ja, ganz richtig, nach der ganzen, langen Zeit bin ich wieder einmal hergekommen. Über vierzig Jahre mussten vergehen, bevor ich mich getraut habe, und nun bin ich noch einmal an den Ort gereist, an dem ich den schlimmsten Schmerz meiner Jugend erfahren habe. Die Siebzig habe ich schon eine Weile hinter mir gelassen, und ich bewohne in der Nähe von Kiel ein kleines Häuschen in einer gepflegten Reihenhaussiedlung. Dort genieße ich den Ruhestand. Seit drei Jahren bin ich Witwer. Ja, der gemeinsame Lebensabend mit meiner Frau Brigitte war mir nicht vergönnt. Wir haben nie Kinder bekommen. Ich bin allein, aber ich fühle mich nicht einsam.

Seit Brigittes Tod reise ich viel. Es gibt da diese Bahntickets, mit deren Hilfe man bequem durch die ganze Bundesrepublik reisen kann. Das ist toll. Nach all den Urlauben auf Mallorca, in Griechenland oder Spanien erkunde ich jetzt meine Heimat. Und so bin ich also nun zurück an die Mosel gekommen.

Was soll ich Dir sagen, Röschen … ich weiß, ich weiß, Du wolltest am Ende nicht mehr Röschen genannt werden. Annerose war Dir lieber. Das klingt edel und fein, aber auch ein bisschen distanziert. Erlaube mir, dass ich Dich einfach noch mal Röschen nenne, wie am Anfang unserer Beziehung. Wie in der Zeit, in der noch alles in Ordnung war mit uns.

Kannst Du dich an die Mosel erinnern? Sie war erhaben, sie war majestätisch, die Kulisse mit den steilen Weinbergen und dem breiten Silberband, das sich tief unten zwischen ihnen durchwälzt. Ich kann mich noch gut an den Tag erinnern, an dem ich Dich mit auf die Baustelle auf der westlichen Seite des Tales genommen habe. Der Anblick von dort oben hat Dir den Atem geraubt.

Ich war ein junger Ingenieur, der vor der großen Herausforderung stand, an einem gigantischen Bauwerk mitzuwirken, wie es mir bislang noch nicht begegnet war. Du weißt sicher noch, wie aufregend das alles war. Ich hatte ja bisher nur bei kleineren Aufträgen mitgearbeitet, und jetzt das. Eine Autobahnbrücke, fast tausend Meter lang und über dreißig Meter breit. 140 Meter hoch über einem der größten Flüsse Europas!

Heute habe ich mir die Brücke von beiden Enden aus angesehen. Jeweils von den Autobahnraststätten. Mit dem Auto bin ich hin- und wieder zurückgefahren. Ich muss sagen, dass ich sie immer noch imposant finde, obwohl ich seit damals natürlich bei ganz anderen Bauten mit von der Partie war. Auch im Ausland. Staudämme, Hochhäuser. Aber ich will Dich nicht langweilen. Schon damals hattest Du nicht allzu viel Interesse an meiner Arbeit. Ich fand das nie schlimm, ehrlich. Du fuhrst lieber nach Koblenz zum Einkaufen oder hast Dich mit den Frauen der Anderen getroffen. So glaubte ich jedenfalls.

Ich bin vorhin hinunter nach Winningen gefahren und habe ohne lange zu suchen gleich die Wilhelmstraße gefunden, in der wir damals in der kleinen möblierten Wohnung untergekommen waren. Die hatte so einen winzigen Balkon, auf dem man sonnenbaden konnte. Ich habe oft an Dich gedacht, wenn ich auf der Arbeit war. Und ich habe mir oft gewünscht, mehr bei Dir sein zu können. Öfter, als Du das wahrscheinlich geglaubt hast.

Hast Du Dich eigentlich damals sehr über meine Leichtgläubigkeit amüsiert? Oder war es Dir egal, was ich dachte? Vielleicht warst Du ja der Meinung, ich hätte es nicht anders verdient, weil ich doch so viele Überstunden machen musste. Weil ich doch bis spät in den Abend hinein über Plänen und Kalkulationen brütete. Weil doch mein Tag noch lange nicht zu Ende war, wenn andere längst in ihren Unterkünften waren. Die Gastarbeiter aus Italien, Jugoslawien und Portugal.

Der Ort ist heute viel größer. Nach allen Seiten hat man Neubaugebiete erschlossen. Ich bin unter der Bahn durch zur Bundesstraße hinuntergefahren und habe mich dann in Richtung Trier begeben. Zur Linken liegt ein Freibad, das gab es damals noch nicht, und dann folgt die Campinginsel, auf die man damals schon hoch oben von der Baustelle runtergucken konnte.

Was für ein Gefühl das ist, auf diese gewaltige Brücke zuzufahren!

Ach Röschen, Gefühle … Ich kann mich noch gut an das Gefühl erinnern, als mir meine Kollegen besonders schonend versuchten beizubringen, dass Du abgehauen bist. Tiago hieß er, glaube ich, der hübsche Kerl aus Portugal, der bei seinen Kumpels in der Baracke damit geprahlt hatte, er werde Dich mit zurück in sein Heimatland nehmen. Die haben das zwar für bloße Angeberei gehalten, aber dann wart ihr tatsächlich eines Tages verschwunden. Nur das Nötigste hattet ihr anscheinend mitgenommen. Ihr wart einander offenbar genug. Man wusste gar nicht, wie man es mir erklären sollte, dass Du offenbar mit ihm durchgebrannt warst. Nun, ich versuche mal, an etwas anderes zu denken. Die wunderschöne Landschaft lenkt mich Gott sei Dank ein bisschen ab.

Ich bin dann eben unter der Brücke hindurch und noch ein Stück weiter die Mosel hinaufgefahren. Es dauert eine Weile, bis man irgendwann rechts abbiegen und unter der Bahnstrecke hindurch auf den asphaltierten Weg unterhalb der Weinberge abbiegen kann. Darauf bin ich zurückgefahren, bis ich schließlich genau unter der Brücke angehalten habe, direkt am Fuße eines der gewaltigen Betonpfeiler. Ich habe das Auto abgestellt und mir ein bisschen die Beine vertreten.

Wie ist es mit Tiago? Ist es das, was Du Dir vorgestellt hast? All die vielen Jahre mit ihm? Ich glaube nicht, dass ihr besonders glücklich gewesen seid, aber Du hast es doch schließlich so gewollt.

Jetzt gucke ich noch einmal zur Brücke hinauf. Ich bin heute kreuz quer unter ihr durch und über sie drüber gefahren. Für mich hat sie nichts von ihrer Faszination verloren.

So, nun habe ich also diesen Brief an Dich geschrieben, mein Röschen. Ich hatte einfach das Gefühl, Dir ein paar Worte der Erklärung zukommen zu lassen. Gleich werde ich ihn in tausend kleine Teile zerreißen, die ich dann aus dem Autofenster wirbeln lasse, während ich dort oben die Mosel ein letztes Mal überquere, bevor ich schließlich weiter südwärts reise.

Aber vorher werde ich noch mit den Knöcheln meiner rechten Hand vorsichtig gegen den Beton klopfen, mein Röschen. Vielleicht könnt ihr mich ja sogar hören ...

Dein Herbert

Die Falle

So, Leute, ich habe einen Plan! Einen so genialen Plan, so was von bombig und astrein, dass die Weltgeschichte anders verlaufen wäre, wenn andere auch so einen gehabt hätten! Der Hitler beispielsweise hätte mit so einer Art Plan Russland einkassiert und wäre gleich durch bis China und was noch dahinter liegt.

Ich werde eine Falle stellen!

Als ich den bunten Verkaufsbus vorhin da auf dem Parkplatz am Wald stehen sah, da wusste ich gleich: Der ist es! Kein mickriger, kleiner, mit so einer Seitenklappe, sondern ein richtig großer, umgebauter Omnibus, zum Begehen, mit Regalen voller Lebensmittel und Haushaltswaren, ein richtiger kleiner Kaufladen auf vier Rädern.

Die Tür stand offen, der Schlüssel steckte, es war ja eigentlich so was wie eine Einladung.

Ich hab zwar nur einen Führerschein Klasse 1 … also *hatte*, aber so einen Bus kriegt man ja schon zum Rollen. Geht ganz einfach.

Es riecht hier drinnen nach Putzmitteln, Fisch und frischem Obst. Die Regale scheinen gerade erst aufgefüllt worden zu sein. Einfach klasse.

Sogar eine Tiefkühltruhe hab ich drin, randvoll mit Backofenfritten, paniertem Fisch und Eis am Stiel. Und der Busfahrer liegt jetzt auch drin, unter dem Rahmspinat und den Beuteln mit Chop Suey. Er wollte einfach nicht einsehen, dass ich seinen Bus dringend brauche.

Die Riesenbüchse mit den Knackwürsten war dann eben doch einen Tacken härter als sein Schädel.

Hach, was man so alles dabei hat, wenn man in so einem Verkaufswagen durch die mickrigen Eifeldörfer rollt. Hier ist bestimmt auch so ein Knopf, bei dem eine lustige Melodie ertönt, die die Leute anlockt. Ah, da ist er ja. Ich drücke, es röhrt laut *Tüdelüdidülüdütüüüüü*, und die Kühe springen erschrocken weg. Huch, lustig.

Faulenpuhl, Eulenbruch, Finkendell … Wie die kleinen Nester hier alle heißen. Wie bei Harry Potter.

So, aber jetzt mal zur Sache.

Halten Sie mal in so einem Kaff mit dem Auto am Straßenrand an und fragen ein Kind nach dem Weg. Nur so. Nee, wirklich, nur mal so nach dem Weg fragen! Da steppt aber gleich der Papst im Kettenhemd, da brennt in Nullkommanix die Hütte. Da verstehen die Leute keinen Spaß.

Und wenn Sie erst versuchen wollen, das Kind dann ins Auto zu kriegen, dann ist aber sofort Zappenduster. Da kann ich auch gleich mit der Kettensäge Harakiri machen.

Aber mit so einem Verkaufsbus ist das anders. Den kennt man hier, der gurkt hier dauernd durch die Einöde und hält an jedem Pisspott. Total unverdächtig! Auf den Seiten steht groß drauf: »DüRoKa - Dümmels Rollendes Kaufhaus« Und der Slogan

Obst, Konserven, Wurst bringt Dümmel
der Landfrau und dem Bauernlümmel!

Ein Typ der hinter dem Steuer von so einem Bus sitzt, der ist einfach okay. Also ich jetzt.

Nicht, dass Sie jetzt was denken, von wegen Kindern oder so. Leute, nee, nee, falscher Film! So einer bin ich nicht. Ich brauch nur Kohle. Und für so ein Kind, das plötzlich von zuhause weg ist, und das man gerne wiederhaben will, da bezahlen die Leute Kohle. Aber hallo!

Und wie ich so rumgurke und denke und gucke, und denke und gucke und rumgurke, da komm ich mit einem Mal in so ein mickriges Nest reingepöttert, und da steht was am Straßenrand? Na? Na? Kind, genau. So ein kleines Balg, Zöpfe, so Turnschuhe mit Riesensohlen wie Astronautenfüße und die Unterlippe total motzig vorgeschoben. Steht da an der Ecke in der Sommersonne und fummelt an den Spitzen von seinen Zöpfen rum. Da ist aber schwere Langeweile im Spiel. Sieht man gleich.

Sonst keiner in Sicht? Super. Perfekt.

Das ist genau das richtige, mein Plan fluppt tippitoppi! Für so ein Gör krieg ich richtig Zaster. Wer weiß, vielleicht kauf ich mir davon einen Verkaufsbus, hahaha! Scherz.

Ich halte direkt vor ihr an, und mit einem zischenden Geräusch geht die Bustür auf.

»Na«, sag ich. »Langeweile?«

»Und wenn?«

»Schlecht gelaunt?«

»Und wenn?«

So, und jetzt geht in meinem Hammerplan nämlich die zweite Phase los. Jetzt mach ich nämlich den Speck in die Falle.

»Was Süßes?«

Ihr Blick löst sich von den Haarspitzen und wandert zu den Fenstern rauf. So was hat sie noch nicht gesehen.

Ich hab alles, was ich hier im Bus an Süßkram finden konnte, in die Fenster dekoriert. Schokolade, Popcorn, Lollis, Chips, Gummibärchen, alles. Die Schokolade schmilzt schon. Scheißegal.

Die Falle ist ausgelegt!

Ich sehe, wie die Zungenspitze kurz über die Lippen fährt.

»Und wenn?«

»Wenn du was Süßes willst, hab ich was für dich.«

Sie reagiert nicht und fängt wieder mit ihren Zöpfen an.

»Kein Geld?«

Sie schüttelt den Kopf.

Da setze ich jetzt mal meinen gönnerhaften Onkel-blick auf. »Na, da machen wir mal ne Ausnahme. Komm rein, such dir was aus.«

Das muss ich aber nur einmal sagen. Zack! Im Nu ist sie drin. Aufgeregt läuft sie an den Regalen entlang. Schnappt sich eine Tüte *Pom-Bären*, zwei *Caramac*, einen Beutel Joghurt-Gums und vier Ü-Eier. Unheimlich flink, die Kleine. Die kleinen Fingerchen grabschen nur so um sich. Ich rufe: »He, he, he, Frolleinchen, so war das aber nicht gemeint!« Die kann mir doch nicht die ganze Auslage leerräumen! »Du trägst mir hier aber nicht den halben Laden raus.«

Jetzt mal egal, dass sie sowieso hier drin bleibt. Geht doch nicht, so was.

Sie guckt mich frech an und sagt: »Und wenn?« Dann rennt sie zum hinteren Ausgang. Ich setze hin-terher, kriege sie aber nicht mehr zu packen. In einem Affenzahn ist sie wieder raus auf dem Bürgersteig und springt fröhlich von einem Bein aufs andere. Verdammte Hacke! Und jetzt?

Plötzlich klatscht es laut durch den Bus. Ich fahre herum. Eine alte Oma mit Lockenwicklern hat einen eingeschweißten Aal volle Lotte neben die Kasse auf die winzige Theke geknallt. Als sie mich sieht, legt sie gleich los: »So eine Sauerei! Mit uns können Sie's wohl machen, was?«

»Tach. War der nicht frisch?«, frage ich, während ich nach vorne gehe.

»Doch, irgendwann mal. Aber da stand die Mauer noch.«

Ich gucke auf das Etikett. Abgelaufen. Längst. Draußen neben dem Bus hüpft das Mädchen herum und stopft sich pausenlos die Süßigkeiten ins Gesicht. Sie wird fett und quaddelig, und dann will sie keiner mehr entführen.

»So, was ist jetzt?«, zetert die Alte. »Krieg ich mein Geld zurück? Sie können mir auch D-Mark geben, die kennt der Fisch auch noch.«

»Wollen Sie keinen neuen?« In dem Moment, in dem ich es gesagt habe, könnte ich mir auch schon vor Wut in den Bauch beißen. Bloß nicht die Kühltruhe!

»Nee, danke«, schnarrt die Alte. »Aber ich brauch noch Kohlrabi. Und Sellerie.« Sie drückt sich an mir vorbei und stapft zum Gemüseregal. »Die sind ja total verschrumpelt.«

»Selber«, sage ich halblaut. Sie dreht sich irritiert zu mir um.

»Wat?« Als sie an ihrem Hörgerät rumfrickelt, piepst es laut.

Lautes Gerumpel von vorne. Och nee! Zwei Opas drängeln sich am Eingang. Sie schubsen sich gegenseitig, als hätten sie keine Zeit. Als ich sie mir genauer angucke, sehe ich, dass die tatsächlich keine Zeit mehr haben. Die sind so alt, die brauchen nix mehr mit langem Haltbarkeitsdatum.

Die Gläser in den Brillen könnten auch kleine Aquarien sein. Nur ohne Fische.

»Ich war zuerst«, knarzt der mit dem Hütchen.

»Mühömümölödömö!« Den mit der Kappe kann man nicht verstehen.

»Tu dein Gebiss rein, Manfred«, ruft die Alte von hinten.

Manfred greift in die Tasche, fördert tatsächlich ein Gebiss zutage und steckt es sich in den Mund. »Gar nicht wahr! Ich war Erster!«

»Ja, am Arsch, Marie! Zuerst ist der Egbert dran!« Der mit dem Hütchen baut sich vor mir auf und sagt: »Einmal dieses Megaperls-Waschmittel, das für strahlende Reinheit sorgt, auch schon bei zwanzig Grad!« Als er durch seine Glasbausteinbrille meinen fragenden Blick registriert, ergänzt er: »Dieses eine da. Mit der Leuchtkraft-Formel.«

Manfred stößt ihn zur Seite und sagt jetzt gut verständlich: »Haben Sie meine Heftchen dabei?« Er hechelt ganz aufgeregt und spuckt wie ein Wasserfall.

»Heftchen?«

Er druckst herum. »Na ... diese ... Heftchen ... Ihr Kollege bringt mir immer welche mit.« Opa Manfred schiebt sich jetzt nahe an mich. Er senkt vertraulich die Stimme. »Die Heftchen, Mann. Ich brauche die!«

Ich habe so eine Ahnung, welche Art von Heftchen das sein könnten. »In Ihrem Alter kann so was gefährlich werden. Denken Sie an Ihre Pumpe.«

Hinter seiner Panzerglasbrille werden die Augen riesengroß. »Was soll denn an Kreuzworträtseln gefährlich sein?«

Jetzt drängelt sich die Oma dazwischen. »Was kostet der Wirsing? Oder ist das Salat, der hier schon so lange liegt, dass er zum Wirsing geworden ist?«

»Zuerst die Megapearls!«, zetert Egbert, schubst Manfred erneut zur Seite und wühlt sich durch die Waschpulverpakete.

»Mulöhülolumömumöh!« Dem anderen ist bei dem Stoß offenbar etwas abhanden gekommen.

»Gebiss, Manfred!« rufen die anderen beiden im Chor. Er beginnt, auf dem Boden herumzusuchen.

Meine Güte, ist das jetzt auf einmal turbulent. Das Mädchen ist nirgendwo mehr zu sehen. Mein Hammerplan ist mitten in Phase Zwei stecken geblieben.

»Und Filtertüten brauch ich noch. Die naturbraunen mit den innovativen Aromaporen für ausgewogenen Kaffeegenuss!« Egbert fuchtelt mit dem Gehstock durch die Luft.

So, das reicht jetzt! Ich muss schleunigst raus aus diesem Dorf! Ich dränge mich an den drei Alten vorbei zum Fahrersitz.

»Ende!«, rufe ich. »Ladenschluss! Bitte alle raus …«

In diesem Moment steigt hinten noch einer zu. Er sieht furchterregend aus. Eine speckige Treckerfahrerkappe bedeckt halbwegs sein zotteliges, schwarzes Haar, seine Kassenbrille hat man ihm wahrscheinlich vor fünfzig Jahren verpasst. In seinem Mund über dem überwucherten Kinn steckt eine Pfeife. Das kann ich eigentlich nicht durchgehen lassen. Das ist ein Nichtraucher-Verkaufsbus!

»Tut mir leid. Ich wollte gerade weiterfahren«, sage ich und setze mich demonstrativ auf den Fahrersitz.

»Knäckebrot«, knurrt er. Seine Stimme hört sich an wie das Gurgeln eines alten Abflusses. »Und Frühstückskorn.«

Aha, Brot und Belag, denke ich. Ausgewogener Start in den jungen Tag.

Nee, Schluss jetzt!

Ich werde langsam anfahren und den vier Wracks Gelegenheit geben, noch rechtzeitig abzuspringen, bevor der Bus richtig Fahrt aufnimmt. Die Oma wird es dabei mit Sicherheit in ihre Einzelteile zerlegen, aber das ist mir ziemlich egal.

Ich muss die Nummer dann eben in einem anderen Dorf durchziehen. Mein Plan ist gut.

Ich greife nach dem Zündschlüssel … weg!

Momentchen, Momentchen, was läuft denn hier ab? Verdammte Scheiße, wer hat mir den Schlüssel geklaut?

»Ich brauch noch Schlüpfer!«, krakeelt die Alte und kommt näher gewackelt. »Aber nicht wieder die, die immer so schnell ausleiern!«

»Und meine Heftchen? Was ist damit?« Ich glaube, Manfred hat sein Gebiss wiedergefunden.

»Gühömülonönumö!« Nein, stimmt nicht, Egbert hat ihm seins geliehen.

Draußen versammeln sich noch mehr Senioren um den Bus. Gibt es hier in dem Kaff denn nur Greise? Sie hantieren draußen hektisch rum. Die werden mir noch Kratzer in meinen schönen Bus machen!

Der zottelige Treckerfahrer kommt näher. Er ist groß und bullig und brummt wie ein ziemlich schlecht gelaunter Stier. Mit sachlichem Tonfall verteilt er Aufgaben. »Egbert, du kümmerst dich um das Obst und das Gemüse. Manfred, du übernimmst die Konserven. Hiltrud, du organisierst das mit den Putzmitteln und dem anderen Zeugs. Los, zackig!«

Um den Bus herum hantieren die anderen Alten des Dorfes mit Schubkarren und Einkaufswägelchen. Die Panik schleicht sich langsam an mich heran. Hier stimmt doch was nicht!

Im Rückspiegel sehe ich, wie von einem Moment auf den nächsten am Ortseingang eine Straßensperre aufgebaut wird.

Ich weiß mir nicht anders zu helfen und drücke den Knopf. Ein schrilles *Tüdelüdidülüdütüüüü* schallt durch das Dorf. Opa Egberts Gehstock donnert auf meine Finger. Ein schriller Schmerz schießt mir den Arm hinauf.

Das Gesicht des Treckerkappenmanns hängt über mir wie ein bärtiger Vollmond. Er schüttelt missbilligend den Kopf. »Nu los, Knäbchen, mach mal Platz«, raunzt er und lässt den Zündschlüssel an einem seiner ausgestreckten, dreckigen Finger baumeln.

Ich will aufspringen und aus dem Bus flüchten, aber die Pranke des Mannes versetzt mir einen Schwinger, und ich stürze zu Boden. Tritte, Stockhiebe … Meine rechte Wange wird auf das Gebiss von Manfred gepresst.

Mit einem Rumpeln setzt sich der Bus in Bewegung. Alles um mich herum ist plötzlich in Bewegung!

Kisten werden über mich hinweggereicht. Und prall gefüllte Plastikbeutel. Füße trampeln um mich herum. Ich höre asthmatisches Husten und lautstarke Blähungen. Schachteln und Konserven poltern immer wieder dicht neben meinem Kopf auf den Boden. Schrumpelige, arthritische Finger heben sie wieder auf.

»Da sind ja die Megapearls!«, jubelt Opa Egbert.

»Döhümühundoulomo!« Ein Kreuzworträtselheft flattert zu Boden.

Aus meiner Position erkenne ich durch die offene Bustür undeutlich, wie die Waren nach draußen geworfen und von den anderen Opas und Omas aufgefangen werden, während die Häuser des Dorfes ganz langsam vorbeiziehen. In einem der Vorgärten sitzt das Mädchen auf einer Schaukel und schwingt gut gelaunt durch die Luft.

Wir biegen von der Hauptstraße ab. Ich will etwas schreien, kriege aber sofort einen Fuß in den Nacken gestellt. Opa Egbert fixiert zusätzlich mit der Spitze seines Stocks mein Ohr auf dem Fußboden.

Die Straße wird jetzt uneben und mündet anscheinend in einen unbefestigten Wirtschaftsweg. Felder gleiten vorbei. Während der Bus sich offenbar in einem großen Bogen seinem Ziel nähert, erkenne ich eine große Feldscheune, deren Tor von zwei weiteren Opas geöffnet wird. Im Halbdunkel erkenne ich mehrere rostfleckige, alte Fahrzeuge. Große, kleine … Ich sehe herabhängende Stoßstangen, zersplitterte Scheiben, ich sehe Hühner im Inneren.

Es sind Verkaufswagen! Bestimmt ein Dutzend! Sie stehen krumm und schief, und der Rost hat sie teilweise miteinander verschmelzen lassen.

Eine Falle! Eine gottverdammte, beschissene Falle, denke ich, als der Bus mit einem gewaltigen Schlenker einschert, in eine Lücke rollt und zum Stehen kommt.

Der Motor geht aus.

»So, den Rest mach ich!«, brüllt jetzt der Zottelmann, und augenblicklich verlassen alle den Bus.

Als ich mich ächzend auf den Rücken wälze, sehe ich sein großes, hässliches Gesicht über mir. In seinen Händen wiegt er nachdenklich die Riesenbüchse mit den Knackwürsten. Sie scheint ihm für das, was er vorhat, durchaus geeignet. Er nickt mir mit einem breiten Grinsen zu und holt weit aus ...

Das Tanzen der Wellen

Er wiegte den Kopf nachdenklich hin und her. »Irgendwie ist es erbärmlich. Ein so stolzer Fluss, ein so imposanter Strom. Sie haben ihm sein Kinderbett zementiert und ihn eingemauert. Das ist unwürdig, oder nicht?«

Sie betrachtete den kleinen, rundlichen Mann, der die Hände auf dem Rücken verschränkt hatte und unentwegt die Finger zappeln ließ. Früher mochte er einmal ein schlanker, eleganter Vertreter seines Geschlechts gewesen sein, aber das Alter hatte ihn gebeugt, hatte seinen Bauch anschwellen lassen. Seine Freunde vom Pétanque-Platz in Neuves-Maisons, bei denen sie ihn vor anderthalb Stunden abgeholt hatte, nannten ihn *Calebasse*, den Flaschenkürbis. Und tatsächlich beschrieb das seine Gestalt recht genau.

Sie standen vor dem aus Felsquadern erbauten Monument am *Col-de-Bussang*, das in seiner steinernen Nüchternheit eher an ein Kriegerdenkmal erinnerte als an den Geburtsplatz eines der berühmtesten Flüsse Europas.

Mariannes Blicke folgten der Bewegung seines ausgestreckten Zeigefingers. Er wies auf den Verlauf der Mosel, der, versehen mit den wichtigsten Städten entlang des Ufers, in den Stein graviert worden war. »Da hinten irgendwo verlieren wir sie an die Deutschen, unsere Schöne.« Er drehte sich zu ihr um und grinste sie an. »Hat mein Papa immer gesagt. Er konnte den Deutschen nie verzeihen, dass wir den Fluss großziehen und aufpäppeln, und dass die *boches* dann am Ende den leckeren Wein von den Terrassen ernten.« Dann folgte er mit fast zierlichen Schritten der schmalen Rinne quer über den Platz, in der man das Quellwasser auf die lange Reise in die weite Welt schickte. Er bewegte sich trotz seiner Körperfülle sehr gewandt, so als führe er ein kleines Ballett auf. Währenddessen summte er leise eine Melodie vor sich hin.

Marianne wohnte in Nancy. Alle paar Wochen fuhr sie in den Nachbarort, holte ihn ab, und gemeinsam machten sie kleine Ausflüge. Sie kannte ihn seit vielen Jahren und schätzte den alleinstehenden Mann als klugen, lebenserfahrenen Gesprächspartner. Calebasse erzählte viele Geschichten aus seinem Leben, das sich ausnahmslos entlang der Mosel abgespielt hatte, und sie wusste längst zwischen erfundenem Unsinn und wirklich Erlebtem zu unterscheiden. Beides fand sie höchst unterhaltsam.

Er beschloss, dass die Besichtigung der Quelle nun lange genug gedauert hatte, und sie stiegen in ihren Wagen und fuhren bergab. Als sie vor einer Stunde die Vogesen erreicht hatten, hatten die Nebelschleier noch über dem Schwarzblau der bewaldeten Hänge gelegen. Jetzt stand die Sonne am Himmel und versprach einen herrlichen Sonntag. Einen der ersten dieses verregneten Sommers.

Er hatte sich gewünscht, zum Dorffest in sein Heimatdorf Dommartin in der Nähe von Remiremont zu fahren, und wenn man schon dorthin unterwegs war, dann auch noch die wenigen Kilometer weiter bis zur Moselquelle. Die erste Etappe hatten sie also bereits hinter sich, als sie jetzt wieder aus den Vogesen nordwärts fuhren. Ab dem Städtchen Le Thillot mäanderte die Mosel als ungestümer junger Fluss durch das langsam breiter werdende Tal, und in Ferdrupt bat Calebasse darum kurz anzuhalten. Der Fluss kam hier ganz nahe an die Straße heran und war schon etwa zehn Meter breit. Calebasse stieg zum Flussbett hinunter, das hier durch eine Geröllbank künstlich verbreitert worden war, um die Fließgeschwindigkeit zu verringern. Er entledigte sich schnaufend seiner Schuhe und Strümpfe und krempelte die Hosenbeine hoch. Dann stieg er ins Wasser und jauchzte beglückt auf. »Schau, wie sie für mich tanzen!«, rief er übermütig. Dicke, grüne Algenbüsche trudelten unter Wasser hin und her und zuckten und wanden sich wie fette Seeschlangen. »Ein Walzer«, rief er. »Eine *Musette* … oder ein *Java*!« Er drehte sich mehrfach um die eigene Achse und kletterte erst nach einer Viertelstunde wieder an Land. Marianne hatte sich auf den felsigen Boden am Ufer gesetzt und ihm zugesehen. Mit Calebasse unterwegs zu sein, bedeutete für sie völlige Entspannung. Sie schaffte es mitunter, ihren Alltag völlig auszublenden und die Tragödien, die ihr Beruf ihr tagtäglich bescherte, in den Hintergrund zu drängen.

»Woran denkst du?«, fragte er, während er sich seine Schuhe anzog. Ein hohes Pfeifen begleitete seine angestrengten Atemzüge. »Schlimme Sachen diese Woche?«

Sie schüttelte andeutungsweise den Kopf und drückte ihre Zigarette auf einem Stein aus.

Zwei Mörder, eine Ladendiebin, vier Jugendliche, die einen Rentner zusammengeschlagen hatten. Sie wollte nicht darüber reden. Sie hatte gerade angefangen, an etwas anderes zu denken.

»Sollen wir weiter?«, fragte sie stattdessen. Er zog sich Schuhe und Strümpfe an und machte dabei grunzende Geräusche. Als er an ihr vorbei zum Wagen zurückging, strich er ihr sanft über die Schulter. Calebasse war großartig. Er vermied unnötige Floskeln.

In Maxonchamp hielten sie noch einmal an und gingen ein paar Meter zurück zu der Brücke, auf der sie die Mosel überquert hatten. Sie lehnten sich ans Geländer und blickten hinunter. Das Flussbett maß hier schon etwa zwanzig Meter Breite.

»Wie die Wellen tanzen«, murmelte er. »Der Tanz ist alles für mich. Ich selbst kann es nicht mehr, ich bin fett und ungelenk, aber es macht mir Spaß, es anderen beizubringen.«

Sie nickte lächelnd und spuckte ins Wasser. »Keiner kann es wie du.«

»Ich habe es im Blut. Seit ich ein junger Mann war. Bei meinem Onkel in Golbey, bei dem ich damals an der Schleuse gearbeitet habe, habe ich zum ersten Mal einem das Tanzen beigebracht.«

»Hast du mir schon mal erzählt«, sagte sie matt.

Immer wenn sie das sagte, verstummte er für ein paar Minuten. Er hörte immer öfter von ihr, dass er sich wiederholte. Das schien ihn zu betrüben.

Wenig später erreichten sie Dommartin. Die Autos standen bis weit aus dem Dorf heraus beiderseits der Straßen geparkt. Das Örtchen schien aus allen Nähten zu platzen. Zahllose Menschen strömten in Richtung Ortsmitte und flanierten an den Verkaufsständen mit den Andouillettes, den Schweinsfüßen und den Schinken vorbei. Die Berge von frisch geernteten Mirabellen leuchteten golden in der Mittagssonne, ein dürrer Mann im schwarzen Anzug und steifem Hut kommentierte das turbulente Geschehen in einer endlosen Suada über Mikrofon und Lautsprecher. Ein Leierkasten schickte volkstümliche Töne durch die laue Luft. Calebasse begann, an ihrer Seite unmerklich seinen unförmigen Körper hin und her zu wiegen. Er atmete mit glückselig bebenden Nasenflügeln die Düfte ein, winkte diesem und jenem, die ihn noch aus früheren Zeiten wiedererkannten und ließ die kurzen, dicken Finger im Takt der Musik tänzeln. Er strahlte pures, ungetrübtes Glück aus. Warum konnte sie das nicht? Wieso konnte sie nicht einfach all die finsteren Gedanken ausblenden, die sie durch ihren Alltag und ihre Freizeit verfolgten, ja, die sie sogar in ihren Träumen heimsuchten? Es konnte doch nicht so schwer sein, wenigstens ein kleines bisschen so zu sein wie er. Unbeschwert, sorglos … vielleicht kam das ja erst mit dem Alter. Die Erinnerungen an die Schattentage verblassten, und die schönen Ereignisse vergangener Tage traten umso deutlicher hervor. Küsse, Tanz, Lachen, Sonnenbaden, sich lieben … das alles war zu lange her. Selbst heute, an ihrem Wochenende, fuhr sie mit diesem Greis durch die Gegend, anstatt jemanden anzurufen, der vielleicht nur darauf wartete, dass sie wieder ein Zeichen aussandte. Jemand, der ihr etwas anderes bieten konnte.

Mitten im Ort, dort wo sich die Rue de Pont und die Rue Franould kreuzten, war kaum ein Durchkommen.

Das Zentrum von Dommartin war vollgestopft mit Flohmarktständen. Ein kleines Tambourcorps bahnte sich mit zackigen Trompetenstößen und Getrommel den Weg durch die Menge. Die Männer in den kurzärmeligen gelben Hemden schwitzten unter ihren schwarzen Uniformkäppis. Den Bürgermeister mit der blauweißroten Schärpe und ein paar andere Honoratioren hatten sie im Schlepptau.

»Der dritte von rechts, der junge Kerl mit dem Fransenschnurrbart, siehst du ihn?«, raunte ihr Calebasse zu.

»Was ist mit dem?«

»Seinen Eltern habe ich vor etwa vierzig Jahren das Tanzen beigebracht.«

»Beiden?«

Er nickte lächelnd. Das Netz von Äderchen auf seiner kugelrunden Nase leuchtete kräftig rot vor Stolz. »Allen beiden. Das war ein Anblick, kann ich dir sagen.« Für einen kurzen Moment wandte er sich ihr verunsichert zu. »Oder hatte ich das schon erzählt?«

Sie schüttelte den Kopf, obwohl sie sich nicht sicher war.

Auf dem Platz vor dem *Tabey* nahmen sie im Schatten der Zeltüberdachung an einem der langen Tische Platz und bestellten gefüllte Schweinsfüße mit Sauerkraut und tranken ein Bier.

Immer wieder kam jemand zu ihnen und klopfte Calebasse auf die Schulter. »Na, bist du mal wieder in der Gegend, Alter?« und »Lebst du immer noch?«, fragten sie und lachten gemeinsam mit ihm.

Er hatte ihr einmal erzählt, dass sein Neffe ihn vor Jahren zu sich nach Neuves-Maisons geholt hatte. Es hatte etwas mit Schulden und dem Verkauf des kleinen Hauses hier im Dorf zu tun gehabt. Er erzählte selten davon, und sie drang nicht in ihn.

Nach dem zweiten Bier sang er laut den Schlager mit, der blechern aus den Lautsprechern durchs Dorf dröhnte. Als er ihren tadelnden Blick sah, brach sein Gesang ab, und er murmelte »Ich sollte wohl nicht …«

Sie schüttelte milde lächelnd den Kopf, und er schob sein Glas beiseite.

Bevor sie abfuhren, wollte er noch auf den Friedhof. Vorbei an der Pyramide aus leeren Plastikeimern, die die Kinder mit dem Feuerwehrschlauch abschossen, traten sie durch das kleine Eisentor und fanden sich zwischen den Toten von Dommartin wieder. Von dem ein oder anderen Grab starrten sie die Bildnisse der Verstorbenen an. Teils von verblassten Fotografien, teils erstaunlich untalentiert in den Stein gemeißelt.

Auf dem Grab seiner Eltern standen unzählige Gedenktäfelchen. Von zahlreichen Verwandten und von allen Vereinen des Dorfes. Seine Familie war von jeher sehr beliebt gewesen, so hatte er ihr einmal erzählt.

»Von meinem Vater habe ich die Liebe zur Musik geerbt«, flüsterte er fast und begann dann leise und mit brüchiger Stimme ein Kinderlied zu singen. »En passant par la Lorraine, avec mes sabots …« Er hielt dabei die Hände gefaltet und hatte das Kinn auf die Brust gesenkt. Sie unterbrach ihn nicht und sah nur heimlich auf die Armbanduhr. Es wurde langsam Zeit.

»Hat er auch Tanzen gelehrt?«, fragte sie, als er fertig war.

»Oh ja. So gut wie kein zweiter.« Sein Finger kreiste ungenau herum. »Viele von hier haben es bei ihm gelernt.«

Sie ließ den Blick schweifen. Die Sonne brannte unbarmherzig auf die Gräber herunter und ließ die Köpfe der Blumensträuße herabhängen.

»Deinen Beruf möchte ich nicht haben«, murmelte er, während sie zurück zum Auto gingen. »Immer nur Verbrechen. Du kannst bestimmt auch andere Dinge. Malen, Singen …«

»Mag sein«, sagte sie obenhin. »Aber es ist, wie es ist. Der eine muss dies machen, und der andere das.« Den letzten Satz betonte sie besonders. In seinem Gesicht las sie, dass er verstand, was gemeint war.

Erst bei Epinal löste sich die Straße von der Mosel und führte ein Stück durch den Wald. Sie umrundete die Stadt in einem großen Bogen und fand dann wieder zum Fluss zurück. Die Örtchen wurden wieder kleiner und unscheinbarer, die Gegend büßte hier einiges an Reiz ein. Weiter nördlich verlor sich die Mosel wieder in zahlreichen, verschlungenen Windungen, es gab tote Seitenarme und riesige Kiesbänke, die das Wasser im Laufe der Jahrtausende angespült hatte. Bei Bayon bogen sie von der Autobahn ab. Die Straßen wurden kleiner und kleiner.

Wurde Calebasse nervös? Er saß aufrecht und reckte den Hals vor. Seine Augen suchten die Landschaft ab, seine Finger spielten miteinander.

Als sie das Flussufer erreichten, ließ Marianne den Wagen langsam im Schatten eines dichten Gestrüpps ausrollen.

»Hier war ich noch nie«, sagte er und biss sich auf die Unterlippe. »Hier ist der Fluss so ganz anders. Irgendwie erwachsener, findest du nicht?«

Sie drückten die Türen des Wagens sehr leise zu. Man würde sie zwar sowieso nicht hören, da am anderen Ufer, aber man musste stets vorsichtig sein, das hatte sie in den letzten Jahren gelernt.

Sie gingen durch beinahe hüfthohes Gras bis hin zur Uferböschung. Der Fluss war hier etwa vierzig Meter breit, das war nicht gerade ein Kinderspiel.

»Dahinten«, sagte sie und streckte den Zeigefinger aus. »Wie jeden Sonntagnachmittag um diese Zeit. Ich habe es gewusst.«

Der Mann hockte auf der anderen Seite der Mosel auf einem Klappstuhl und kramte in einer Kühlbox herum. Vor sich hatte er eine Angelrute in einem Gestell positioniert. Außer ihm war weit und breit niemand zu sehen. Er trug eine Sonnenbrille und hatte eine Vollglatze. Auf seinem T-Shirt prangten knallbunte Schriftzeichen.

Sie hielten mit gebücktem Oberkörper inne. Der Mann schien sie nicht zu bemerken.

»Wird es gehen?«, fragte Marianne.

Calebasse nickte. »Warum nicht. Da hatten wir schon schwierigere Situationen, oder?«

Sie ging zum Auto und kehrte wenige Augenblicke später mit dem länglichen Stoffbündel zurück. Nachdem sie es mitten im Gras auf den Boden gelegt hatte, begann er fast zärtlich damit, es auszuwickeln.

Die Sonne erhitzte den mattschwarzen Stahl augenblicklich. Er ließ die Finger darüber gleiten. Sie hatte alles gut vorbereitet. Er legte es an die Schulter und blickte durch das Zielfernrohr.

»Er muss stehen«, knurrte er. »Wie er da in seinem Stuhl hängt, wird das nichts.«

»Was soll ich tun?«, fragte sie mit gepresster Stimme. »Winken? Pfeifen?«

»Worum geht es bei ihm?«

»Ein kleines Mädchen. Vergewaltigt und erwürgt. Wir können es ihm nicht beweisen.«

»Ruf einfach ihren Namen. Mach schon. Es darf nicht zu lange dauern. Ich bin keine Zwanzig mehr, vergiss das nicht.«

»Sie hieß Sandrine. Ich soll einfach Sandrine rufen?«

»Er wird reagieren.«

Sie richtete sich langsam auf und hob die Hände an den Mund. Pumpte Luft in ihre Lungen. Bog den Rücken durch.

Aber dann geschah etwas, das ihr zur Hilfe kam. Die Angelrute bog sich plötzlich, ein Fisch pflügte durch das Wasser. Weißer Schaum umwirbelte ihn, als er sich aufbäumte und hin und her schwang, wie ein Tänzer auf dem graugrünen Tanzboden der Wellen.

Calebasse quietschte vor Vergnügen. »Und rechts … und links … und rechts … und links …«

Der Mann erhob sich aus seinem Stuhl, um zu nach-zusehen, was da an seiner Angel hing.

»Und nun lernst du tanzen, mein Freund«, kicherte Calebasse leise. Dann pfiff er eine fröhliche Melodie, bestehend aus kurzen, schnell aufeinanderfolgenden Tönen.

Die Schüsse zerrissen den Nachmittag.

Der erste in die linke Schulter. Ein Streifschuss nur, beinahe ein Streicheln, aber stark genug, um den Mann nach links zu wirbeln, ohne dass es ihn gleich umwarf.

Dann die rechte Schulter. Der Oberkörper drehte sich.

Die linke Hüfte. Ein Ruck nach links, leicht vornüber gebeugt.

Rechte Hüfte. Und wieder nach rechts.

Alles geschah im treibenden Rhythmus von Calebasses Melodie.

Das linke Knie. Jetzt neigte sich der Körper bedrohlich weit hinab.

Das rechte Knie. Der Mann bog sich zur anderen Seite.

Und schließlich riss ihn ein Schuss mitten in den kahlrasierten Schädel nach hinten und ließ ihn wieder in den Klappstuhl zurückfallen.

Calebasse hörte auf zu pfeifen und leckte sich über die Lippen.

»Es war gut, dass ich nur zwei Bier getrunken habe«, sagte er und blickte lächelnd zu Marianne hinauf.

Sie nahm das Gewehr und wickelte es wieder in den Stoff ein. Calebasse überwachte jeden ihrer Handgriffe. »Es ist schön, dass du es für mich aufbewahrst«, sagte er. Sie wiederholte ihren Satz von vorhin: »Der eine muss dies tun und der andere das.«

Auf der Rückfahrt plauderten sie. Marianne lachte sogar. Ein Ausflug mit Calebasse war immer ein Gewinn. Als sie ihn am Pétanque-Platz in Neuves-Maisons absetzte, sagte er: »Keine Angst, ich werde nichts von der heutigen Tanzstunde erzählen.«

Sie schaute ihm hinterher und beobachtete, wie seine Freunde ihn empfingen und ihm die silbern glänzenden Kugeln in die Hand drückten.

Jede seiner Gesten war Musik, jede seiner Bewegungen eine Art Tanz.

Ein Notruf

Später Anruf auf der Wache.
Männerstimme, aufgeregt.
»Ich ruf an«, in Eifeler Sprache,
»weil mein Freund sich nicht bewegt.«

»Heute Abend auf der Pirsch
Fiel er über einen Ast.
Und vertrieb dabei den Hirsch,
Hat sich dann ans Herz gefasst.«

»So, das Herz. Jetzt mal die Fakten!«
Sagt geübt der Polizist.
Und notiert sich für die Akten
Wie akut der Notfall ist.

»Wir sind hier im Eifelwald!«,
brüllt der Mann ins Telefon.
»Und er wird schon langsam kalt!«
An der Stimme merkt man schon,

Dass er wirklich sehr in Not ist.
»Erst mal muss ich sicher sein,
dass Ihr Freund auch wirklich tot ist«,
räumt der Schutzmann sachlich ein.

»Ist schon klar, Chef!«, dann ein Wimmern.
Der Beamte hört entsetzt
Jetzt drei Schüsse, dann die Stimme:
»So, erledigt, was kommt jetzt?«

Das Auge des Gesetzes

Es waren Wetten abgeschlossen worden, welche Farbe Kostüm und Hut haben würden. Und Schuhe natürlich. Wie überall, wo sie hinkam. Flieder war es schließlich geworden, und das bescherte etwa einem Fünftel der Dorfbewohner einen ansehnlichen Gewinn, wie sie gehört hatte, denn die Mehrheit hatte auf Malve und Taubenblau getippt. Der Hut war breitkrempig und asymmetrisch und saß keck zur Seite geneigt auf dem silbergrauen, ondulierten Haar.

Die Queen stand am Büffet, beugte sich über das rustikale Wedgwood-Tellerchen, das sie mit ihrer behandschuhten Hand vor der Brust balancierte, und stieß mit der Gabel in das Kuchenstück. Ihr Prinzgemahl reckte den faltigen Hals und blickte ihr über die Schulter. Er hatte das Geschäker mit der Gattin des Vikars kurz unterbrochen, um der feierlichen Zeremonie die erforderliche Aufmerksamkeit zu schenken: Seine Frau, die Herrscherin über das Commonwealth, probierte im Zelt des Pfarrgemeinderats ein Stück von Dotty Fowlers Carrot Cake, der von einer sechsköpfigen Jury zum besten Kuchen der *Village Fete* des kleinen Dorfes Whelmbrittle-le-Ferne gekürt worden war.

Die Zinken bohrten sich durch den lockeren Teig, der goldbraun, mit kleinen, karottenfarbenen Einsprengseln, leuchtete. Prinz Philip schmatzte unbewusst. Wenn sie privat waren, klaute er ihr sonst stets die Spitze des Tortenstücks, aber hier, unter den Augen der Öffentlichkeit, zügelte er sich. Im Rahmen seiner Möglichkeiten.

Sie stieß auf irgendetwas, das im Kuchen verborgen war, und ihr entfuhr ein eher scherzhaft gemeinter, missbilligender Laut.

* * *

Dotty Fowler rührte mit kräftigen Bewegungen den Teig. Die Ärmel ihrer altmodischen Bluse hatte sie weit hochgekrempelt, die Sehnen auf ihren Handrücken zuckten, die Muskeln ihrer kräftigen Unterarme arbeiteten unentwegt. Das Radio spielte leise Tanzmusik zur Nacht, und sie erwischte sich dabei, wie sie zu summen und im Takt der Musik zu rühren begann. Dotty war sich für harte Arbeit noch nie zu schade gewesen. In ihrer Jugend war nicht zu erahnen gewesen, welchen Erfolg sie dereinst einmal mit ihrer Leidenschaft für das Backen und Kochen erringen würde. Als eines von acht Kindern einer Minenarbeiterfamilie aus Ashington in Northumberland war es für sie zwar eine Selbstverständlichkeit gewesen, im Haushalt mitzuhelfen, aber die Chancen, sich durch die tägliche Zubereitung von pappigem Porridge und fadem Hammelfleisch hervorzutun, waren nun einmal stark eingeschränkt.

Erste Beachtung erlangten ihre besonders saftig gelungenen Pfannkuchen, als ihre Mutter einmal krank wurde und für mehrere Tage das Bett hüten musste. Zwei Monate später buk sie dann schon den Kuchen für die Beerdigungsfeier und wurde allseits von der angereisten Verwandtschaft dafür gelobt – und um den Verlust bedauert.

Als der Vater schließlich an Staublunge erkrankte und wenig später starb, nahm eine entfernte Tante in der Nähe von Ibstock in den Midlands Dotty auf. Und auch in dem kleinen Dorf, in dem sie landete, machte sie sich einen Namen als Backkünstlerin. Somit war ihr rasch die Tür für einen Job in der örtlichen Bäckerei geöffnet. Die Arbeitskraft der jungen Dotty wurde schon bald stark beansprucht. Eines Tages, als Eleanor, die Frau ihres Arbeitgebers Deacon Fenwick, mit einem windigen Geschäftsmann in die Staaten durchbrannte, wurde Dotty sogar zur ständigen Begleiterin von Deacon – in Backstube und Bett, obwohl er viele Jahre älter war als sie. Dotty war zu dieser Zeit ein pummeliges, junges Ding, naiv und unerfahren. Als Deacon Fenwick irgendwann um ihre Hand anhielt, wusste sie sich gar nicht zu erwehren. Das war Dottys grundlegendes Problem: Sie konnte sich einfach nicht zur Wehr setzen. Ihr Deacon ließ sie Tag und Nacht schuften und behandelte sie wie eine Sklavin. Kaum zu glauben, dass sie in ein paar Wochen die Nachfolgerin seiner Ehefrau Eleanor werden sollte. Aber sie murrte nicht, sondern betrachtete jeden Handgriff, den sie tat, als Übung, und jeder neue Kniff, den sie im Umgang mit Eiern, Mehl und Zucker erlangte, war ein kleiner Schritt, der sie zur Meisterbäckerin führen würde. Das nämlich war ihr Traum: leidenschaftlich backen und dafür gelobt werden. Dann aber kam das verheerende Feuer, das das alte, reetgedeckte Fachwerkhaus, in dem die Bäckerei und ihre Wohnstatt untergebracht waren, dem Erdboden gleichmachte. Deacon rettete Dotty in letzter Sekunde aus den Flammen. Er selbst starb wenige Tage später an einer Rauchvergiftung. Dotty war sich nicht sicher, ob er sie nur gerettet hatte, weil er im Begriff war, sie zur Ehefrau zu nehmen, oder weil er um nichts auf der Welt ihre kostbare Arbeitskraft einbüßen wollte. Jedenfalls erwies sich auch dieser dritte Schicksalsschlag einmal mehr als Chance. Ihre grantige alte Großmutter hatte ihr als Kind zwar eingeschärft: »Wenn dir das Schicksal eine Tür zuschlägt, öffnet es dir eine neue und haut sie dir voll in die Schnauze, Kleines.« Doch Dotty fiel die Treppe *hinauf*.

Nachdem sie Eltern, Arbeitgeber und mit ihm Fast-Ehemann und Wohnung verloren hatte, empfahl Sallis, der Lebensmittelhändler aus dem Dorf und ihr Verehrer, ihre Backkünste in Driblington Hall – dem prächtigen Landsitz von Lord und Lady Farnsworth im fernen Wiltshire, wo sein Cousin als Chauffeur fungierte. Im Handumdrehen hatte sie eine Anstellung im Castle gehabt.

Jetzt nahm Dotty Fowler den Frischkäse für die Creme aus dem Kühlschrank. Sie bevorzugte die amerikanische Variante des Carrot Cake. Selten kam etwas Gutes aus den Staaten, doch dieses Rezept war zweifellos die Ausnahme von der Regel. Sie spürte die erfrischende Kühle auf ihren erhitzten Wangen.

Dotty lebte und liebte ihren Beruf. Mit flinken Bewegungen schlug sie die Eier auf. Butter war seit jeher ihre Handcreme, Mehl auf ihrem spitzen Näschen ihr Puder, der Duft von Teig ihr Parfüm.

Sie pfiff leise die Melodie aus dem Radio mit und dachte an die Zeit zurück, als sie in den Haushalt von Driblington Hall eingeführt worden war. Das lag nun schon viele Jahre zurück. Seither arbeitete sie hier in dieser Küche, riesig und bestens ausgestattet. Dottys Fähigkeiten blieben auch außerhalb der Dienstboten-etage nicht unbemerkt, denn wenn sie ihre Kuchen buk, traf sie offenbar genau den Geschmack ihrer Arbeitge-ber. Lord und Lady Farnsworth waren zwei betagte, hemdsärmelige Naturfreunde und Bücherwürmer, die großen Gefallen an den einfachen, schönen Dingen des Landlebens fanden. Sie gärtnerten und lasen viel, mal-ten Aquarelle und aßen Hausmannskost.

»Ich soll einer gewissen Dame einen Gruß von seiner Lordschaft ausrichten und ihr mitteilen«, sagte Grim-pen, der Butler, eines Nachmittags zu Dotty, »dass der Carrot Cake ohne Zweifel der beste sei, den er je in sei-nem Leben gegessen habe.«

Ein Klopfen gegen die Fensterscheibe riss Dotty aus ihrer Konzentration und Erinnerung. Sie blickte angstvoll zum Fenster. Im dürftigen Licht der Hoflampe erkannte sie undeutlich ein Gesicht und eine Tweedkappe. Der Mann winkte in Richtung Hintertür. Im ersten Moment dachte Dotty daran, Grimpen zu rufen, oder irgendeinen anderen aus der Dienerschaft aus dem Bett zu klingeln. Alle waren froh gewesen, sich endlich zur Ruhe bege-ben zu können, da ja schließlich ein großer Tag für das Örtchen Whelmbrittle-le-Ferne und Driblington Hall bevorstand. Nur Dotty war aufgeblieben, um das, was sie während der letzten Tage so sorgfältig vorbereitet hatte, nun endlich der Vollendung zuzuführen.

Der Unbekannte vor dem Fenster hielt etwas gegen die Scheibe. Eine Art aufgeklapptes Lederetui mit einem Ausweis. Genaueres konnte sie nicht erkennen.

Dotty entriegelte mit klopfendem Herzen die Hintertür und fand sich im nächsten Moment einem grobschlächtigen, fast kahlköpfigen Mann gegenüber, der seine Kappe abgenommen hatte, und dessen Blick sich merkwürdig verdreht auf sie richtete. »Sorry, Madam, dass ich Sie so spät störe, aber wir haben hier im Dorf und auf dem Gelände mächtig zu tun. Wegen morgen, Sie wissen ja.«

Oh ja, sie wusste. Das diesjährige Dorffest, das wie jedes Mal im Park von Driblington Hall stattfand, würde in die Annalen des Ortes eingehen, denn ein ganz besonderer Besuch hatte sich für dieses Mal angekündigt.

»Wie kann ich Ihnen denn helfen, Sir?«, fragte Dotty unsicher. Jetzt, als er in die Küche trat, erkannte sie es: Sein linkes Auge war aus Glas.

Er wendete seine Mütze in den Händen und sah sich in der Küche um. Dann schnupperte er und sog den Duft der kleinen Erdnussküchlein und der Früchtebrote ein, die bereits fertig auf den Blechen lagen und abkühlten.

»Sie sind Miss Dotty Fowler, nicht wahr?«

»Ganz richtig, Sir.«

»Mein Name ist Croxley. Wilfred Croxley. Sicherheitsdienst. Mächtig was los bei Ihnen im Dorf. Alle sind hergeschickt worden, weil morgen doch der große Tag ist.«

»Ja, ich habe viele Polizisten gesehen. Man will offenbar auf Nummer sicher gehen.« Und zaghaft setzte sie hinterher: »Sicherheitsdienst? Dürfte ich wohl noch einmal Ihren Ausweis sehen?«

»Klar.« Er wedelte kurz mit dem Lederetui vor ihrer Nase herum. Bevor sie etwas entziffern konnte, hatte er es schon wieder weggesteckt. »Höchste Sicherheitsstufe, Riesentamtam. Wenn *Her Majesty* anreist, klopfen wir auf jeden Busch. Duftet köstlich hier.«

Sie lächelte still in sich hinein.

»Man hat mir erzählt, dass Sie morgen auch mit von der Partie sind, Madam. Ich meine, Sie backen was für *die Dame.*«

Dotty deutete ein Nicken an. »Ich darf meinen prämierten Carrot Cake beisteuern.«

»Prämiert?«

»Jedes Jahr gibt es einen Wettbewerb anlässlich der *Village Fete.* Es werden die größten Kürbisse ausgezeichnet, die schönsten Haustiere und die besten Kuchen.«

»Verstehe.«

»Und voriges Jahr habe ich meinen Carrot Cake gebacken, und da ich damit den ersten Preis errungen habe, hielt man es dieses Jahr für eine gute Idee, ihn gleich von vornherein für unsere hohen Gäste bereitzuhalten. Ich glaube, man wollte kein unnötiges Risiko eingehen.«

Im Vorjahr war Rosalind Symonds unerwartet ausgefallen. Die Lehrerin aus dem Cottage neben der Kirche, die mit ihrem Backwerk seit ein paar Jahren regelmäßig den ersten Platz belegt hatte, war wenige Tage vor dem Fest den Folgen eines Autounfalls erlegen. Dotty hegte keinen Zweifel daran, dass der Tod von Rosalind Symonds zu ihrem eigenen Sieg beigetragen hatte. Es war Lord Farnsworth höchstpersönlich gewesen, der

Dotty als Bewunderer ihrer Künste damals zur Teilnahme an dem Wettbewerb überredet hatte.

»Ich komme aus Leicestershire«, sagte der Sicherheitsmann jetzt. »Aus Ibstock, genauer gesagt.«

Er forschte in ihrem Gesicht, vermutlich überlegte er, ob der Name des Dorfs etwas bei ihr auslöste.

»Ibstock? Hm ...«

»Klingelt da was?« Der Fremde beugte sich über die dunkel glänzenden Früchtebrote. »Wie gemalt. Wirklich, wie gemalt. Ich mag es, wenn Frauen so was können.«

Dotty registrierte einen seltsamen Unterton, der ihr nicht gefiel. Sein Grinsen war schmierig, und er knetete noch immer die Mütze, als wollte er sie erwürgen.

Als er sich ihr wieder zuwandte, blieb ihr Blick an seinem Glasauge hängen.

»Stacheldraht«, sagte er, als könnte er ihre Gedanken lesen. »Ich war siebzehn. Deswegen haben die mich bei der Polizei nicht genommen. Mann, ich wär so gerne zur Polizei gegangen. Aber jetzt mach ich ja so was Ähnliches.« Er deutete auf die Früchtebrote. »Ob es wohl auffallen würde, wenn eins fehlt, Madam?«

Dotty blies sich eine Haarsträhne aus dem Gesicht. »*Mir* würde es auffallen.«

Er trat von der Anrichte zurück und nickte bedächtig. »Ja, so ist das. Dem einen fällt es nicht auf, wenn was fehlt, aber dem anderen dafür umso mehr.« Sein Grinsen war vieldeutig. »Wir sind Spezialisten, was?«

»Wir?«

»Ja, Miss Fowler. Sie sind Spezialistin für alles, was man so backen kann und würden sofort merken, wenn irgendwo was fehlt. Der Zucker, das Mehl ... ein ganzes

Früchtebrot. Und ich bin Spezialist für Sicherheit. Ich passe auf, dass nichts passiert. Passiert ja dauernd was. Schlimme Sachen, überall.«

Dotty Fowler riss sich von seinem Anblick los, bückte sich zum Ofen und spähte ins Rohr. Der voluminöse Apple Pie nahm zusehends eine tiefgoldene Farbe an. Sie drehte die Temperatur ein paar Grad zurück und murmelte: »Hören Sie, Sir, ich verstehe ja, dass Sie sich ein bisschen Unterhaltung verschaffen wollen. Ist ja 'ne lange Nacht. Und ich habe auch gar nichts dagegen, dass Sie ein bisschen hier bei mir bleiben, aber ich muss mich konzentrieren. Das ist morgen nicht *irgendein* Fest.«

»Ich weiß, ich weiß!«, lachte Croxley. »Ich rede immer zu viel.«

»Möchten Sie einen Tee? Ich habe frischen aufgebrüht. Da vorn in der Kanne.«

»Tee! Blendende Idee!« Er nahm eine Tasse vom Haken und schenkte sich ein. Dann brabbelte er weiter vor sich hin. »Nein, ganz recht, das ist nicht irgendein Fest. Sonst wären auch nicht Himmel und Hölle in Bewegung gesetzt worden. Dann wär ich jetzt in Salisbury in meinem Bettchen und würde den Schlaf des Gerechten schlafen.«

»Hm?« Dotty zerknüllte das Zeitungspapier mit den Karottenschalen. Zupfte es etwas auseinander, zerknüllte es erneut. Was wollte dieser Mann von ihr?

Er lachte laut auf. »Keine Sorge, Madam. Ich weiß, was Sie gerade denken. Sie haben einen fremden Mann hereingelassen, mitten in der Nacht. Das sollte man nicht tun!« Spielerisch winkte er mit dem Zeigefinger.

»Aber ich bin ja vom Sicherheitsdienst. Bei mir sind Sie hundertprozentig sicher!« Er schnüffelte durch die Luft. »Zimt … Zitrone … Nelken … Ich kann das alles deutlich riechen. Wenn irgendwo gebacken wird, dann zieht mich das magisch an. Ich kann dann gar nicht anders und muss dem Geruch folgen. Was Sie hier fabrizieren, duftet bis hin zum Parkplatz, Madam. Ich *musste* einfach herkommen.«

Dotty warf das Papierknäuel mit den Schalen in den Mülleimer, nur um es gleich darauf wieder herauszufischen. Hatte sie das Schälmesser mit hineingeworfen? Dieser Typ machte sie nervös. Sie war es gewohnt, im Stillen zu arbeiten. Wenn es etwas Besonderes werden sollte, brauchte sie Ruhe.

Der seltsame Sicherheitsbeamte zog mittlerweile ungeniert die Schubladen auf und förderte schließlich einen Löffel zutage, mit dem er klimpernd Milch und Zucker in den Tee rührte.

»Hören Sie, Sir …«

Es schien, als hörte er sie gar nicht. »Schönes Örtchen hier. Richtig gemütlich. Hier wird noch in jedem Haus gebacken, wette ich. Wie früher. Hier wissen die Frauen noch, wie man Männern mit ein paar süßen Schweinereien die Zähne lang machen kann. Da gab es so eine Frau, habe ich gehört. Eine Lehrerin.«

»Miss Symonds? Rosalind?«

»Ja, so hieß sie wohl. Konnte auch backen wie der Teufel.«

»Sie wurde überfahren. Es war schrecklich.«

»Überfahren … Hm … Ja, so sagt man.« Sein Lächeln sah gefährlich aus.

Sie wandte sich ab, sah auf die Uhr und zählte die bereits verstrichene Backzeit an den bemehlten Fingern ab.

»Ich bin froh, mal hier in Ihr hübsches, kleines Nest zu kommen. Wir sind mit einer großen Truppe eingesetzt. So habe ich auch mal den hiesigen Polizisten DCI Tesley kennengelernt. Reizender Knabe, kennen Sie ihn?«

»Nein, bedaure.« Warum sprach er von der Polizei? Warum erwähnte er Miss Symonds?

»Ich hatte auch mal so ein Liebchen, das ganz begnadet backen konnte. Wissen Sie, ich glaube, dass Frauen, die gut backen können, besonders heißblütig veranlagt sind.«

Dotty schielte zur Küchentür. Zwei, drei große Schritte, dann könnte sie um Hilfe rufen, und im Nu würde das gesamte Personal herbeieilen. »Soso«, murmelte sie stattdessen und entdeckte im selben Moment das Schälmesser in der Spüle. Sie atmete auf.

»Zu dumm, dass sie verheiratet war, meine Ellie.« Er lachte wieder schmierig.

Sie musste sich jetzt der Creme für den Carrot Cake widmen, wenn sie ihr Werk fertigstellen wollte. Hatte sie alles in greifbarer Nähe? Puderzucker? Limetten? Ingwer?

»Und dann war sie eines Tages weg. Durchgebrannt mit 'nem anderen, sagten die Leute.« Ächzend nahm der Mann auf einem Stuhl Platz und trank von seinem Tee. »Hmmm, gut. Ellie war mit 'nem Bäcker verheiratet, damals. Lief alles schön auf dem Seitenstreifen, das mit ihr und mir. Und irgendwann soll sie mit 'nem

Handelsvertreter durchgebrannt sein. War plötzlich weg.« Er machte eine lange Pause. »Und blieb auch weg.«

Dotty warf ihm einen scheuen Blick zu.

»Wissen Sie, ich glaub das nicht.« Er starrte in seinen Tee. »Die Ellie wär niemals abgehauen, ohne mir irgendwann ein Lebenszeichen zukommen zu lassen. Ein Lebenszeichen kann man natürlich nur senden, wenn man noch am leben ist.«

»Ich muss jetzt für einen Moment den Mixer einschalten, Sir«, sagte Dotty tonlos, und schon erfüllte lautes Geschepper den Raum. Dotty hoffte, dass sie niemanden im Castle damit weckte. Und sie spürte unablässig den Blick des Sicherheitsmannes in ihrem Rücken.

Als sie den Mixer ausschaltete, hatte Croxley seine Gedanken sortiert. Die Worte kamen jetzt weniger leutselig über seine Lippen: »Ich hatte ja damals Ellies Ehemann unter Verdacht, diesen Bäcker. Ein fieser Kerl. Hat meine gute Ellie schuften lassen bis zum Umfallen. Er selbst ist bei einem Brand ums Leben gekommen. Ich dachte damals, dass die Sache damit erledigt war, dass er sein Geheimnis mit ins Grab genommen hätte. Aber dann hab ich hier diesen DCI Tesley kennengelernt. Und der hat mir vor zwei Wochen bei einem Bierchen erzählt, dass er auch so 'nen Fall hat, an dem er rumknabbert. Ich unterhalte mich gern mit Polizisten. Fast wär ich ja ein Kollege geworden. Der Tesley kommt da in dieser Sache irgendwie nicht weiter. Diese Lehrerin, die Symonds ... Fahrerflucht ... Na, immerhin ist hier völlig klar, dass da jemand anderes seine Finger im Spiel hatte.« Er trat hinter sie und sie spürte, wie er ihre

Hände betrachtete, die geschickt mit Teigschaber und Rührschüssel hantierten.

»Sie sind 'n stilles Mädchen, was?«, flüsterte er. »Haben nur Ihre Backerei im Kopf, nicht wahr? Hat mir Tesley jedenfalls gesagt. Haben Sie das geerbt? Von Ihrer Mutter?«

Dottys Finger begannen zu zittern.

»Starb ja auch ganz schön unvermittelt, die Dame, nicht wahr? Tückische Sache, das mit den Medikamenten. Fand übrigens auch der alte Doktor aus Ashington.«

Dotty fuhr herum und blickte in sein breit grinsendes Gesicht.

»Ich hab mich ein bisschen umgehört, bin ein bisschen durch die Lande gereist. War auch noch mal in Ibstock.«

»Ellie …«, hauchte Dotty. »Eleanor.« Die verschwundene Frau ihres ehemaligen Arbeitgebers und Fast-Ehemannes.

Croxley nickte langsam. »Wie gesagt, ich bin ja selber so ein bisschen der Hüter von Recht und Ordnung, und ich unterhalte mich gern mit den Kollegen. Da stirbt Ihre Mutter, das ist ja noch nichts Ungewöhnliches. Da verschwindet die Frau vom Bäcker spurlos. Das kann ja noch sein. Aber dann kratzt auch noch der Bäcker ab, Ihre Konkurrentin wird überfahren … Bisschen viel, oder?«

»Was wollen Sie von mir?«

Er beugte sich über die große Schüssel mit dem Teig für den Carrot Cake und schnupperte. »Mann, das Zeug macht mich glatt verrückt! Frauen, die backen können, machen mich verrückt. Sagte ich das schon? Aber von einer Frau wie Ihnen, von so einer kleinen, stillen Maus, die so wahnsinnig ist, jeden auszuschalten, der sich ihr in den Weg stellt, da lass ich lieber die Finger von.«

Sie riss hinter ihm das Nudelholz von der Anrichte und drehte sich so schnell zu ihm, dass die Schuhe auf dem Steinboden leise quietschen. Bevor er sich aufrichten konnte, traf das Nudelholz auf seinen Hinterkopf, und ein hässliches, dumpfes Krachen ertönte. Croxley stürzte mit dem Gesicht geradewegs nach vorn in die Teigschüssel.

Dotty atmete tief durch und betrachtete den schlaffen Körper, der zu Boden sank und die Schüssel mitriss. Der braune Teig drohte halbflüssig über den Boden zu laufen, doch in letzter Sekunde fiel sie auf die Knie und umfasste die Schüssel. Gerettet! Derart kurz vor dem Ziel konnte sie doch unmöglich aufgeben! Sich von so einem dahergelaufenen Schnüffler einen Strich durch die Rechnung machen lassen! Niemals!

In Sekunden hatte sie alles wieder im Griff und erledigte, was zu erledigen war: Apple Pie aus dem Ofen, Carrot-Cake-Teig in die Form geben, rein in den Ofen, Creme fertig anrühren, Carrot Cake raus, Creme obendrauf, schließlich noch die Verzierungen. Jetzt durfte sie nicht den Kopf verlieren. Wie hatte sie es bisher immer gemacht? Sollte sie einen Unfall vortäuschen? Nein, er musste verschwinden. Diesen Wilfred Croxley würde sie genau so beiseiteschaffen, wie damals Eleanor: im Wasser! Es gab einen kleinen See am Ende des weitläufigen Geländes von Driblington Hall, der war ideal. Genauso ideal wie die abschließbare Gefriertruhe in der Vorratskammer, wo sie ihn vorläufig verstauen konnte. Nach dem Fest würde Croxley dann für immer untertauchen.

* * *

Die Stirn unter dem fliederfarbenen Hut war nachdenklich gerunzelt. Die Queen stocherte irritiert in ihrem Kuchenstück herum. Dotty Fowler auf der anderen Seite des feierlich gedeckten Büffets merkte nicht, wie ihr langsam die Kinnlade herunterklappte. Warum probierte sie denn nicht endlich? Jetzt konnte doch nichts mehr dazwischenkommen!

Die Monarchin examinierte mit zusammengekniffenen Lippen das Kuchenstück. In dem herrlich locker gebackenen Teig gab es auf halber Höhe eine weitere Schicht Frischkäsecreme, aber da war noch etwas. Etwas Weißliches, Halbrundes. War das etwa Glas?

»Na, na was fummelst du denn da so rum, altes Mädchen?«, raunte Prinz Philip ihr schnarrend ins Ohr. »Hast du etwa Angst, du könntest es nicht mehr richtig beißen?«

Sie schaffte es schließlich, das kleine Ding mit der Gabel umzudrehen, und im selben Moment glotzte sie eine künstliche graugrüne Pupille mitten aus den Kuchenkrümeln heraus an.

»Oh, *my goodness*«, stöhnte Queen Elizabeth II., warf Wedgwood-Teller, Kuchen, Glasauge und Handtasche von sich, und kippte zum Entsetzen aller Anwesenden rückwärts in die Arme ihres Mannes …

… die aber nicht mehr da waren, da der alte Gockel sich unterdessen bereits wieder der Frau des Vikars von Whelmbrittle-le-Ferne zugewandt hatte.

Hier ruhst Du nun

Hiltrud«, seufzt Herr Kümpel lang und aus den Tiefen seiner Seele. Man spürt deutlich, dass ihm bittere Trauer den sonnigen Tag verfinstert. Er steht hier auf dem kleinen Friedhof von Glehn, einem kleinen Ortsteil von Mechernich, hält eine leere Gießkanne in der einen Hand und reibt sich mit der anderen die Nase, wie um die aufsteigenden Tränen wegzumassieren. »Hiltrud, Hiltrud, Hiltrud!«

Herr Kümpel holt ein Taschentuch aus der Hosentasche und spuckt darauf. Erst jetzt, nachdem er mit dem Wasser das kleine Buchsbäumchen und die Stiefmütterchen gegossen hat, fällt ihm auf, dass die Vögel schon wieder auf den schwarzen Granit der Umrandung gekackt haben. Er bückt sich und wischt es energisch weg.

»Tja Hiltrud, das hast du dir nun wirklich alles selbst zuzuschreiben«, sagt er mit belegter Stimme. »Das hätte alles nicht so kommen müssen.«

Hinter ihm streiten sich in der Krone eines Ahorns die Spatzen. Ihr schrilles Gezwitscher schallt laut über die Ebene. Es ist der neuere Teil des Friedhofs, am Ortsrand, höher gelegen als das Dorf. Der Blick wandert von hier aus weit über die sanft geschwungenen, ersten Erhebungen der Eifel. Man erreicht den Friedhof über einen kleinen, asphaltierten Wirtschaftsweg ohne ins Dorf hinein zu müssen.

Herr Kümpel atmet tief durch und blinzelt eine Träne weg.

Hiltruds Bild prägt immer noch jeden Tag seine Gedanken. Das aristokratisch geschnittene Profil, das blauschwarze Haar, die katzengleichen, grünen Augen ... Sie ist eine Frau gewesen, um die ihn sicher jeder Mann beneidet hat. Sie hatte Rasse.

»Ich habe es nicht kommen sehen, Hiltrud, mein Schatz. Vielleicht hätte ich dich früher gehen lassen sollen.«

Wo er das feuchte Tuch schon in der Hand hat, wischt er noch um die messingfarbenen Metallbuchstaben auf dem Grabstein ein paar kleine Spinnweben weg.

Ein Traktor knatterte auf dem Asphaltweg am Friedhof vorbei. Herr Kümpel zieht den Kopf zwischen die Schultern und senkt das Gesicht.

Noch nie ist Hiltrud so außer sich gewesen wie damals an diesem Abend. Hat geschrien und nach ihm geschlagen, hat kübelweise die übelsten Verwünschungen und Flüche über ihm ausgegossen.

Ihr schlanker Hals, die chromblitzende Fleischgabel ... es hätte alles nicht so kommen dürfen. Und es wäre auch alles nicht so gekommen, wenn sie nicht wieder so gallig gewesen wäre. So kaltschnäuzig und herablassend. Alle paar Wochen war es mit ihr durchgegangen, dann hatte sie ihn beschimpft und gedemütigt, hatte ihn mit ihren giftigen Worten regelrecht in die Ecke gedrängt.

»Ach, Hiltrud«, klagt er laut.

»Hiltrud?«, fragt eine krächzende Stimme links neben ihm. Er fährt herum.

Die Frau ist klein und gebückt, sie hat dünnes, weißes Haar, das nachlässig zu einem Knoten geknüpft ist. Über ihrer Kittelschürze trägt sie eine Strickjacke undefinierbarer Farbe. Ihre Beine sind stark geschwollen und enden in krummgetretenen Halbschuhen. »Wieso sagen Sie denn dauernd Hiltrud?«

Wo kommt sie plötzlich her? Herr Kümpel hat sie nicht kommen sehen.

Ihr Gehstock deutet zitternd auf den Grabstein. »Sie stehen am falschen Grab, guckense mal.«

Er zwinkert nervös und rückt sich die Brille zurecht.

»Sehen Sie, da steht es«, kräht die Alte und betrachtet ihn skeptisch von der Seite. Sie sieht seine tränenfeuchten Augen. »Antonius Zilligen. Der liegt hier in dem Grab.«

»Ja, tatsächlich«, haucht er. Da steht nichts von Hiltrud Kümpel. »ich … ich weiß nicht, wie ich …«

Jetzt berührt sie mit ihrer knochigen Hand seinen linken Arm. Es soll eine tröstliche Geste sein. »Wann ist Ihre Hiltrud denn gestorben?«, fragt sie leise.

»Vor genau einem Jahr.«

Sie nickt und macht fortwährend malmende Bewegungen mit ihrem eingefallenen Mund. »Ach deshalb«, sagt sie. »Das Datum.« Wieder deutet sie auf den Stein. Diesmal auf die Ziffern. »Der Tünn is auch vor einem Jahr jestorben. Fünfunachzich ist der jeworden. Hat immer allein jelebt.« Sie legt den Kopf schief und kneift die Augen zu Schlitzen zusammen.

»Eine Hiltrud haben wir hier auf dem janzen Friedhof nicht.«

Er wendet sich hin und her, lässt die Gießkanne nervös von einer Hand in die andere und wieder zurück wandern. »Seltsam, ich kenne überhaupt keinen in … Wo ist das hier eigentlich? Wie heißt das Dorf?«

»Glehn«, sagt die Alte schnell.

»Glehn. Ach! Ich bin … ich habe … Glehn? Nie gehört!«

»Sie sin ja völlich verwirrt.«

Auf dem angrenzenden Hof des Kindergartens tut sich was. Eine kleine Gruppe dick vermummter Kinder nimmt Aufstellung. Eine erwachsene Frau zählt ab.

»Ich muss weiter«, sagt Herr Kümpel schnell und nickt der alten Frau zu, ohne ihr in die Augen zu schauen. Als er mit schnellem Schritt den Kiesweg entlang auf den Ausgang zugeht, schaut er sich nicht mehr um.

Er spürt den Blick der Alten auf sich und glaubt zu wissen, was sie denkt: Ein verwirrter Witwer, der auch nach einem Jahr den Tod seiner Frau nicht verwunden hat und an ihrem Todestag ziellos über die Friedhöfe irrt.

Er steigt in sein Auto und beeilt sich wegzukommen, bevor sie womöglich sein Viersener Kennzeichen sehen kann.

»Oh, mein Gott, Hiltrud«, klagt er weinerlich, als er in Richtung Eicks davonfährt. Einen solchen Fehler darf er sich nicht noch einmal erlauben! Die Alte wird das sicherlich im Dorf herumerzählen. Nie wieder darf er jemandem auf diesem Friedhof begegnen. Er wird nur noch nachts kommen. Zum Grab, in dem der Sarg mit den sterblichen Überresten von Antonius Zilligen liegt. Aber vor allem unter ihm drunter seine geliebte Hiltrud.

Das Grauen in der Bordtoilette

Er warf einen hektischen Blick in den Rückspiegel. »Ich muss Pipiiii!«, quietschte hinter ihm die kleine Cheyenne mit hochrotem Kopf. »Ganz doholl!«

»Ich auch«, stöhnte ihr Bruder Devid und presste mit verzerrter Miene die Hände in den Schritt.

»Tu jetzt was!«, herrschte ihn seine Frau Melanie von rechts an. »Halt sofort an! Da vorne!«

Detlef hatte Schweiß auf der Stirn. Seine Nerven lagen so blank wie die Drähte bei einem durchgescheuerten Stromkabel. »Aber Liebchen, unsere Bordtoilette …«

»Solange können wir nicht warten! Denk an die Sitze! Fahr ran!«

Detlef kurbelte das Steuer nach rechts, und das Wohnmobil schoss in eine unbefestigte Einmündung, so dass Steine und Grasbüschel durch die Gegend flogen. Im hinteren Teil des Gefährts ertönte dumpfes Poltern. Alles ging jetzt rasend schnell. Die Kinder sprangen aus der Seitentür, Melanie hinterher. Im Laufen half sie der Kleinen, die Hosen zu öffnen. »Du den Jungen!«, rief sie, und während sie selbst ihrem Töchterchen hinter einem dichten Gebüsch in eine hockende Haltung hinein half, die es ihm erlaubte, zu pinkeln, ohne die Klamotten zu treffen, zerrte Detlef an der Gürtelschnalle seines Sohnes herum, die sich partout nicht öffnen lassen wollte. Als schließlich doch der erlösende Urinstrahl in das Laub zu ihren Füßen pladderte, atmete die Familie kollektiv auf, und eine betörende Stille legte sich über die Szenerie.

Jetzt würde alles gut werden. Eine gemütliche Urlaubsreise, die gerade erst vor anderthalb Stunden in der Eifel begonnen hatte, eine gemächliche Fahrt durch die belgischen Ardennen, schön entspannt, ohne dichten Autobahnverkehr, rauf an die Küste, und schließlich irgendwo einen schnuckeligen Stellplatz in Strandnähe, und dann eine Woche süßes Nichts-tun. Sandburgen und Spielautomaten für die Kleinen, Shoppen für Melanie, leckeres belgisches Bier für ihn, und … Sein Blick verfinsterte sich. Davon konnte er träumen, so lange er wollte. Es würde am Ende doch alles anders werden.

* * *

(Anmerkung des Verfassers: Die französischen Dialogpassa-gen im kommenden Abschnitt wurden aus Kostengründen mithilfe eines Gratis-Online-Übersetzungs-Programms der ersten Generation ins Deutsche übertragen.)

»Du hattest sterben nicht sollen erschießen Kassiere-rin!« Henri schlug mit der flachen Hand auf das Lenk-rad, von dem die zerschlissene Kunstlederhülle herun-terzottelte. »Selten ich gearbeitet mit solchen ein Crètin wie zusammen dich!« Er hatte den Kopf zwischen die Schultern gezogen und die Wollmütze tief in die Stirn geschoben. Mit seinen gebleckten Zähnen, die laut hör-bar knirschten, und der vorgebeugten Haltung sah er aus wie ein Rennfahrer, der alles tat, um aus der alten Karre rauszuholen, was rauszuholen war. Sein Kumpel Mathis versuchte unterdessen, auf seinem Schoß die

Beute in den blassrosa Einkaufstüten aus hauchdün-
nem Plastik zu bändigen. Münzen kullerten zu Boden,
Geldbündel ritzten die Folie auf.

»So geschrien Frau hat die, dass tun mir Schmerzen
im Ohr.« Es sollte eine Entschuldigung sein, aber es war
nichts anderes als erbärmliches Gegreine.

»Nicht dass kein dies Fahrzeug ist zur Flucht«, hörte
Henri nicht auf zu zetern. »Ebenfalls alle das Benzin
schon in naher Zeit von jetzt!« Sein Goldzahn funkelte
angriffslustig.

Mathis jammerte weiter: »Und ich bin Hunger! An
Tankstelle gewesen liegen hundert Riegelschokolade.
Aber ich nicht darf nehmen keinen nicht einzigen von
diese!«

»Weil du erschießen wirst werden haben Kassie-
rerin!« Henri langte mit dem Arm nach rechts und
versetzte seinem Beifahrer eine Ohrfeige, dass dessen
Locken nur so flogen. Aber im nächsten Moment
erhellte sich sein Gesicht. »Da!«, rief er. »Retterei! Wir
geholfen!«

Er lenkte den Wagen kurz entschlossen von der
Fahrbahn, mitten in ein Gebüsch hinein. Sie schafften
es kaum, die Türen aufzustoßen, weil das Gestrüpp
sich augenblicklich wieder wie eine dichte Mauer
aus Blättern und Ästen um das Auto herum schloss.
Sie strauchelten auf den Asphalt zurück und Mathis
erkannte, was sein Freund gemeint hatte: Da stand ein
leeres Wohnmobil! Die Türen standen geradezu einladend offen.

»Mit dies uns kommt weit hier weg von mehr gut!«,
krähte Henri und sprang schon im nächsten Moment

auf den verwaisten Fahrersitz. Als der Motor aufheulte, hatte es Mathis mit seinen Plastiktüten, die sich zusehends in ihre Bestandteile auflösten, gerade noch an seine Seite geschafft.

* * *

»Oh, mein Gott!«, schrie Detlef, woraufhin sein Sohn herumfuhr und ihm über die Schuhe pinkelte. »Das Wohnmobil!«

Als das riesige Gefährt zurücksetzte, wurde Staub aufgewirbelt. Ein Schotterregen prasselte ihm entgegen, als er versuchte, hinterherzulaufen. Er ruderte mit den Armen, aber wer auch immer hinter dem Steuer saß, er konnte ihn nicht sehen, denn es dauerte nur Sekunden, bis die Qualmwolke des Auspuffs sich an der nächsten Straßenkehre in Luft auflöste.

»Weg«, keuchte Detlef. »Einfach weg.«

»Das gibt's doch nicht!«, stammelte Melanie, die ihr nacktärschiges Töchterchen hinter sich herzerrte. »Das gibt's doch überhaupt nicht, so was!«

Was sollten sie nun tun? Um sie herum waren nichts als Wald und Wiesen. Der letzte Bauernhof lag etliche Kilometer zurück, und bislang waren ihnen so gut wie keine Autos begegnet.

Die Kinder heulten, und die Eltern stammelten fortwährend unzusammenhängende Wortfetzen vor sich hin. Der Urlaub begann nicht, wie Urlaube beginnen sollten.

* * *

(Anmerkung des Verfassers: Die französischen Dialogpassagen im kommenden Abschnitt wurden aus Kostengründen vom Neffen des Verfassers ins Deutsche übertragen, der über anderthalbjährige Sprachkenntnisse der Gymnasialklasse verfügt.)

»Kann machen muss Augen sehen in Kühlschrank«, setzte Mathis nach einer Weile an. Das wirre Bündel auf seinem Schoß hatte er halbwegs unter Kontrolle. Jetzt konnte er sich darauf konzentrieren, sein Hungergefühl unter Kontrolle zu bekommen.

»Pssst! Du dieses hörst? Eins Geräusch.«

»Magen ich?«

»Kein Sinn!«

Sie lauschten in die Stille und hörten zunächst nichts, außer dem leise vor sich hin dieselnden Motor, aber dann schrien sie beide auf. Ein Kopf hatte sich zwischen sie geschoben. Die alte Frau hatte ein bulliges Nussknackerkinn und strähniges, graues Haar, das zu einem unordentlichen Dutt zusammengeknotet war. Überhaupt gab es viele behaarte Stellen in ihrem Gesicht. Dichte Büschel quollen ihr aus den Ohren und den Nasenlöchern, über dem Kinn standen struppig Schnurrbartborsten ab, und ihre dunklen Augenbrauen waren so buschig wie Schuhbürsten.

»Bongschur, Missjöhs«, schnarrte sie mit knirschendem Bass, und hinter den verschmierten Brillengläsern wanderte ein stechender Blick von einem zum anderen. »Ich bin die Omma.« Als die beiden kein Wort herausbrachten, ergänzte sie: »Die Omma Brock. Trude.«

Henri kriegte den Wagen mühsam wieder in die Spur. Er hatte im Schock das Steuer herumgerissen und die Rabatte der Gegenfahrbahn rasiert. Mathis schnappte nach den Geldscheinen, die er beim Zusammenzucken aus den Tüten in die Luft gepumpt hatte.

»Wo is denn mein Sohnemann mit seiner doofen Frau un den knatschigen Bälgern hin?«, fragte die Alte scheinheilig. »Habt ihr die an der Straße angebunden, als ich auf'm Klo war? Dat war aber ne gute Idee, Jungens.«

Henri und Mathis zeterten durcheinander. Die alte Frau betrachtete in aller Seelenruhe die beiden Verbrecher, ohne ein einziges Wort von deren Disput zu verstehen. Henri riss einen Revolver aus der Innentasche seiner Jacke und versuchte, ihn auf die Alte zu richten, ohne das geraubte Geld unnötig zu verstreuen.

* * *

Detlef deutete auf die Rücklichter eines Fahrzeugs, die im dichten Strauchwerk am Straßenrand gerade noch zu erkennen waren. Er bog ein paar Zweige auseinander. Im Blech der Kofferraumabdeckung klafften ein paar kleine, kreisrunde Löcher.

»Sind das etwa Einschusslöcher?«, hauchte er. »Ein Fluchtfahrzeug. Melanie, das ist ein Fluchtfahrzeug. Die haben das hier abgestellt und fliehen jetzt mit unserem Wohnmobil!«

»Du meinst, es ist gar nicht deine Mutter, die damit abgehauen ist?« Melanie legte die Stirn in Falten. Wenn sie ehrlich war, hätte sie ihrer Schwiegermutter jede

Gemeinheit zugetraut, die sich ein Mensch nur auszudenken imstande war. Diese Alte als biblische Plage zu bezeichnen, wäre eine Beleidigung für Hagel, Pest und Heuschreckenschwärme.

Das Heulen einer Polizeisirene schwoll in der Ferne langsam an, und Detlef schrie aufgeregt: »Ich hab's doch gesagt, ein Fluchtfahrzeug!« Er riss die Arme hoch und wollte auf die Straße springen, aber seine Frau stieß ihn kurz entschlossen ins Gebüsch zurück. Und die beiden Kinder gleich hinterher. Sie selbst schaffte es in letzter Sekunde, sich vor dem vorbeirasenden Polizeiwagen zu verstecken, und als ihr Mann sie wenige Augenblicke später fassungslos anstarrte und fragte: »Bist du von allen guten Geistern verlassen? Die suchen irgendwelche Typen, die mit unserem Wohnmobil abgehauen sind!«, erhob sie sich langsam, klopfte sich den Staub von ihrer Jeans und drückte ihm einen Kuss auf die Lippen.

»Mit dem Wohnmobil und deiner Mutter«, flüsterte sie.

* * *

(Anmerkung des Verfassers: Die französischen Dialogpassagen im kommenden Abschnitt wurden aus Kostengründen von Tante Gitti ins Deutsche übertragen, die in ihrer Jugend Frankreich durchquert hat, um ihren ersten Urlaub in Spanien zu verbringen.)

»Ich schieße ableben Großmutter als kürzlich ableben schießen Kassierfrau an Tankplatz!«

Mathis riss den Revolver hoch, und Münzen prasselten durch die Fahrerkabine. Da sein Bewegungsradius jedoch stark eingeschränkt war, gelang es ihm nicht schnell genug, die Alte ins Visier zu nehmen, deren rechte Hand jetzt unerwartet flink nach vorne schoss. Ein dicker, verhornter Finger mit entzündetem Nagelbett und buttergelbem Nagel bohrte sich in sein linkes Auge. Er schrie gepeinigt auf, ein Schuss löste sich und bohrte sich direkt über dem Fahrersitz durch das Fahrzeugdach.

»Du Idiot verdampfender! Haben Sie Tasten komplett in Schranken?«, brüllte Henri und schlug wieder nach seinem Kumpel.

Mathis wimmerte und hielt sich das Auge. Henri stieß die gröbsten Flüche aus, die die französische Sprache bereithielt. Die Omma verstand nichts von alldem und hob scheinbar beiläufig die Waffe auf, die mit ein paar Münzen und Banknoten zwischen Fahrer- und Beifahrersitz auf dem Boden gelandet war.

Voller Panik realisierten die beiden, dass sich das Blatt unerwartet gewendet hatte. Spielerisch ließ sie den Lauf hin- und herwandern. »So, jetzt seid ihr zwei Tünnesse mal'n bisschen nett zu der Omma, sonst mach ich euch mit dem Dingen hier en paar neue Nasenlöcher, kapiert?« Sie lachte heiser. Dann deutete sie auf die Überreste der Plastiktüten und sagte fast freundlich: »Hömma, dat is aber'n dickes Portemonnaie. Da muss ne alte Omma lange für stricken.«

Die beiden Belgier sahen sich ratlos an. Die Ruhe, die die Alte ausstrahlte, verunsicherte sie zusehends. So waren alte Frauen nicht. Zumindest keine alten Frauen, die gerade erst von gefährlichen Gangstern gekidnappt worden waren.

Was führte die Alte im Schilde?

Mathis begriff es als Erster. Er deutete auf die Tüte und dann auf sich, die Omma und seinen Kumpel Henri. Dann machte er mit der Handkante eine teilende Geste und zeigte drei Finger.

»Was?«, ereiferte sich Henri. »Bin du in Gänze beim Trösten? Teilen nicht wir mit Senior Frau!«

Die Omma kratzte sich mit dem Pistolenlauf hinterm Ohr. Schuppen rieselten zu Boden. »Nä, nä, Jungs, so wird dat nix. Die Omma muss dat ja auch versteuern. Steuer, versteht ihr?« Sie deutete auf das Lenkrad. »Steuer! Da jeht ja die Hälfte wieder flöten. Dat machen wir anders.« Sie deutete mit der Pistole auf Mathis, dann auf Henri und sagte: »Du nen Teil … du nen Teil … un die Omma kriecht zwei Teile, capito?«

In diesem Moment schoss mit ohrenbetäubendem Martinshorn ein Polizeifahrzeug vorbei, ohne Notiz von ihnen zu nehmen.

* * *

Die Kinder quengelten, der Vater prüfte pausenlos auf seinem Handy, ob sie womöglich doch irgendwann in die Nähe eines Funknetzes kamen, und die Mutter streckte mit einem beseelten Lächeln ihr Gesicht der Nachmittagssonne entgegen. Sie malte sich aus, wie es wäre, wenn die Omma erst einmal völlig von der Bildfläche verschwunden sein würde. Ein neues Leben würde das sein. Ferien so, wie andere Leute auch Ferien machten, Feiertage, so wie auch andere sie verlebten, ein Alltag, wie sie ihn sich immer erträumt hatte.

Alle Krankheiten hatten bislang einen großen Bogen um ihre Schwiegermutter gemacht, ja, selbst der Tod hielt respektvoll Abstand.

Der einzige Arzt, den die Alte an sich heran ließ, hatte der Familie erst kürzlich mit betretenem Kopfschütteln gestanden, dass er sie so lange untersuchen konnte, wie er wollte, das Ergebnis bliebe stets dasselbe: Sie würde zweifellos hundert Jahre alt werden.

Melanie seufzte wonnig auf, und Detlef betrachtete sie von der Seite. Wann hatte er seine Frau zuletzt so glücklich gesehen?

* * *

(Anmerkung des Verfassers: Die französischen Dialogpassagen im kommenden Abschnitt wurden aus Kostengründen von einem Akademiker ins Deutsche übertragen, der über umfangreiche Fremdsprachenkenntnisse verfügt, da er u. a. an der Universität von Reykjavik Blockseminare für Graduierte mit gesundheitswissenschaftlichen Themen durchführt.)

»Wat hammer denn da im Klingelbeutel überhaupt so alles drin? Sin dat noch eure doofen Frang, oder habt ihr schon richtijes Geld, so wie wir in Deutschland? Dschörmeni, capito?« Sie grabschte unerwartet nach dem Bündel in Mathis' Schoß. Die beiden Verbrecher wollten ihr Einhalt gebieten und schrien »Nicht fass heran!« und »Finger hinüber!« Das Wohnmobil geriet

wieder ins Schwanken. Sie hielt sich ein paar der knisternden Scheine vor die klobige Hornbrille. »Euronen.
Prima. Da kann die Omma wat mit anfangen. Kann
ich viel Fritten von kaufen, hier im Urlaub.« Sie ließ
den Lauf der Pistole durch die Luft sausen. »So, un
jetzt rechts ran, ihr Hännesjen. Die Omma hat sich dat
anders überlegt. Die nimmt nämlich alles, un ihr zwei
jeht ab jetzt zu Fuß weiter.«

Es klickte, als sie die Waffe entsicherte, die nun, ihr
Ziel suchend, zwischen den Hinterköpfen von Henri
und Mathis hin und herwanderte. »Eins ...«, begann die
Alte zu zählen.

»Mach irgendein Ding!«, kreischte Mathis.

»Aber welcher denn?«, brüllte Henri.

»Rechts gefahren an sogleich!«

»Gelangt in Frage herein niemals!«

Mathis stieß seinen Kumpel an, der augenblicklich
wieder das Steuer verriss. Der schlug erneut mit der
flachen Hand nach ihm.

»Zwei ...«

Ohne das Lenkrad loszulassen, holte Henri aus, um
seinem Beifahrer erneut eine Backpfeife zu verpassen.
Allerdings täuschte er den Schlag nur an und packte
stattdessen die Waffe, als Omma Brock gerade ansetzte,
um »drei« zu sagen. Ein Schuss löste sich und bohrte
sich durch eins der abstehenden Ohren von Mathis und
die Seitenscheibe, die in zigtausend kleine Glasbröck-
chen zersplitterte. Ein paar der Geldscheine wurden
nach draußen gewirbelt. Mathis' gellendes Geschrei
erfüllte das Innere des Wohnmobils. Er hielt sich das
blutende Ohr.

Mit einem enormen Ruck brachte Henri, der jetzt triumphierend mit der Pistole wedelte, das Gefährt zum Stehen. Er stieß die Fahrertür auf und sprang ins Freie. Draußen postierte er sich breitbeinig auf der Fahrbahn und schrie: »Kommen, kommen, kommen! Raus her. In dieser Sekunde!«

»Der will dich ausbooten, dein Spannmann«, zischte die Omma. Mathis glaubte für den Bruchteil einer Sekunde eine kleine, spitze, zuckende Schlangenzunge zwischen ihren Lippen erkannt zu haben. »Die Omma kann dir helfen.«

Blut quoll zwischen den Fingern seiner Linken hervor, die er auf sein zerfetztes Ohr gepresst hielt. Er blickte sie unsicher an, und sie schickte rasch hinterher: »Ja, wer hat denn mit der Waffe auf dein Schlappohr geschossen, hä? Die Omma etwa?«

* * *

»Die zieht uns jedes Mal voll beim *Mensch ärgere dich nicht* ab«, sagte Devid mit zusammengekniffenen Augen, während sie die Landstraße entlang stapften.

»Und die hat uns immer alle Süßigkeiten weggefressen«, murmelte die kleine Cheyenne versonnen.

»Sie ist ein Ungeheuer«, flüsterte Melanie so leise, dass nur ihr Mann es hören konnte.

Detlef suchte verzweifelt nach ein paar Worten, mit denen er seine Mutter verteidigen konnte. Aber er fand keine.

Als die kleine Cheyenne an Melanies Ärmel zupfte und fast schon hoffnungsfroh fragte »Kommt die

Omma jetzt nicht mehr wieder?«, strich ihre Mutter ihr sanft über den Kopf und sagte: »Wir wollen das Beste hoffen, Schätzchen.«

* * *

(Anmerkung des Verfassers: Die französischen Dialogpassagen im kommenden Abschnitt wurden aus Kostengründen von einer Fleischereifachverkäuferin ins Deutsche übersetzt, die häufig Urlaubsgäste aus dem benachbarten Ausland bedient.)

Der Motor lief noch. Leise pötternd, bereit zum Einsatz und irgendwie sogar geradezu auffordernd.

Draußen wurde Henri unruhig. »Mathis! Wohin du bleiben? Kommen bereits, kommen bereits!«

»Ich kommen bereits«, rief Mathis nervös.

»Der ballert dich ab, glaub mir«, knurrte Omma Brock. Da war sie wieder, die zischelnde Schlangenzunge! »Du hast die Knete und den Wagen. Dat is deine Schangse, Knäbchen. Der Typ macht dich sonst kalt und haut alleine mit dem Zaster ab.«

In Mathis kämpften die Gewalten. Wem sollte er vertrauen? Diesem verschlagenen, alten Reptil oder seinem langjährigen Freund und Kupferstecher? Seinem Kompagnon, der ihn andauernd ohrfeigte, oder dieser altersweisen Frau?

»Nun ich aber hast völlig die Schnauze Rand bis zum!«, brüllte Henri und schoss in die Luft.

Im selben Augenblick war die Entscheidung gefallen. Mathis warf sich auf den Fahrersitz und legte mit einer

kraftvollen Bewegung den Gang ein. Der Wagen machte einen ungestümen Satz nach vorne, und sie konnten
gerade noch die schreckgeweiteten Augen und das
Blitzen von Henris Goldzahn erkennen, als er aus ihrem
Gesichtsfeld verschwand und im nächsten Moment von
dem gewaltigen Wohnmobil überrollt wurde.

Mathis stieß einen schrillen Jubelruf aus. Er riss das
Steuer herum und vollführte einen wilden Schlenker
auf dem Asphalt. Die Fahrertür schwang auf, und als er
sich weit nach links beugte, um sie wieder ins Schloss
zu ziehen, schaffte es Omma Brock mit einem geradezu
lächerlichen Schubs, ihn hinaus zu befördern. Sein triumphierendes Geschrei verwandelte sich in ein langgezogenes Kreischen, als er auf der Fahrbahn aufschlug.

Mit einer Behändigkeit, die man ihrem uralten, kan-
tigen Körper kaum zugetraut hatte, kletterte Omma
Brock hinter das Steuer und ließ mit einem kräftigen
Tritt auf das Gaspedal den Motor aufheulen.

* * *

»Das ist doch …«, hauchte Detlef. »Seht ihr, was ich
sehe?«

Oh ja, sie sahen es alle. Zuerst nur als kleinen Punkt
am Ende der langen, geraden Straße, dann immer grö-
ßer werden: Das Wohnmobil kam näher und näher. Die
Kinder schoben schmollend die Unterlippe vor, seiner
Frau Melanie schossen Tränen der Enttäuschung in die
Augen, ihre Hände verkrampften sich zu Fäusten.

Aber Detlefs Mundwinkel wurden zaghaft von dem
Anflug eines Lächelns umzuckt. Hinter dem Steuer

thronte eine bösartige, hinterlistige, skrupellose Greisin, der unsympathischste alte Drachen, der in der ganzen Eifel zu finden war. Seine Mutter!

»Na, ihr Lieben«, schnarrte sie, als sie das Fahrzeug
auf ihrer Höhe zum Stehen gebracht und das Fenster
der Fahrertür hatte herunterfahren ließ. »Habt ihr die
Omma schon vermisst?« In der Ferne war irgendwo ein
Flugzeug zu hören. Sonst war es still. »Da hatten doch
so zwei Halunken versucht, den Wohnmobil-Apparillo
hier zu klauen. Da haben die aber die Rechnung ohne
die Omma gemacht.« Sie hielt triumphierend ein paar
Scheine in die Höhe. »Hier, fümmunvierzig Euro für
die Scheibe und dat Loch im Dach. Den Rest haben die
Bengels mitgenommen.« Sie lachte heiser und presste
die Hand auf den gewaltigen Busen, in dem es kaum
hörbar knisterte

Die Buchhändlerin

»Ein Krimi würd Sie glücklich machen?
Die sind ja heute sehr beliebt.
Soso, mit Gift und solchen Sachen,
Wie man sie sonst den Ratten gibt.«
Sie zwinkert und muss leise lachen.

»Kein Gift? Nun gut, wir woll'n mal sehn.
Gewehr? Pistole? Steh'n Sie auf Gewalt?
Oder die Armbrust, jenachdem.
Präzise aus dem Hinterhalt.«
Sie lässt die Finger durch die Reihen geh'n.

»Schusswaffen auch nicht? Ohne Krach?
Was gibt es da? Ich schau mal schnell.
Verbrannt? Erwürgt? Ich denke nach …
Ein eingeschlag'ner Kopf eventuell?«
Sie wühlt ganz tief im unt'ren Fach.

»So, hier, ein Messer, das gefällt mir auch!
Mit Blut! So richtig schön besudelt!
Ein Massaker nach gutem altem Brauch!
Etwas, wo's reichlich spritzt und sprudelt!«
Sie stößt vergnügt den Dolch mir in den Bauch.

»Mein Angebot, das streckt Sie nieder!
Das haut Sie glatt auf das Parkett.
Das Fachgeschäft, beton' ich immer wieder:
Ist besser als das Internet!«
Sie schließt mir sanft die Augenlider.

Abwärts

Eine Herbie-Feldmann-Geschichte

Das gelbe Licht der Straßenlaternen spendete keine Wärme. Herbie Feldmann schlug das Revers seiner dünnen Jacke hoch und zog den Kopf zwischen die Schultern. Der Abend war kalt und neblig und ließ keinen Zweifel daran, dass der Herbst schon bald in den Winter übergehen würde.

»Schon gut, du hattest Recht, Julius, fast null Grad. Falsche Jacke.«

Der große, dicke Mann der mit gemächlichem Schritt neben ihm herging, bedachte ihn mit einem spöttischen Blick.

»Sag nichts. Hat mir schon gereicht, dass Du während des ganzen Films lautstark deine Kommentare abgegeben hast.« Sein Begleiter, den niemand hören und sehen konnte außer ihm, genoss eine gewisse Narrenfreiheit. Und er kostete sie weidlich aus. Er liebte es, Herbie immer wieder in absurde Situationen zu manövrieren – ob im Taxi, auf dem Wochenmarkt oder eben im Kino.

Ich halte Nicholas Cage nun mal für völlig überbewertet.

»Hab ich gemerkt.«

Er hat so einen Schafsblick.

»Hast Du mir schon gesagt.«

Und ich finde, er hat eine überaus dämliche Synchronstimme.

»Hab ich kapiert.«

Herbie beendete den Dialog, als ihnen eine Passantin entgegenkam. Die junge Frau nickte stumm, Herbie

nickte stumm zurück, und Julius trompetete aufgekratzt: *Gott zum Gruße, Fräuleinchen!*

Von der Eifel-Filmbühne bis zur Wohnung am Graf-
Mirbach-Platz war es nur ein Fußweg von ein paar hundert Metern. Herbie freute sich auf einen wärmenden
Schlummertrunk, als er die *Hossentrapp* ansteuerte, die
ihn 36 Stufen hinauf zum alten Stadtkern führte, dann
war er fast zuhause.

Da war etwas.

Jemand.

Eine unförmige Gestalt lag grotesk gekrümmt auf den
unteren Stufen, und Herbie hörte ein leises Stöhnen.

»Julius, ist es das, was ich zu sehen glaube?«, hauchte
Herbie.

*Du glaubst auch mich zu sehen. Ich würde das lieber nach-
prüfen.* Julius kratzte sich an seinem grauen Bart.

Herbie beschleunigte seinen Schritt und stürzte zu
dem Körper hin, der sich kaum merklich bewegte. Ein
zerfurchtes, blasses Gesicht wurde zwischen Mantel-
kragen, Schal und Baskenmütze sichtbar.

»Oh Mann, Julius, das ist der alte Besseler!«

Der Mann stöhnte wieder. Seine bleichen Finger tas-
teten auf dem Mantel herum. Dann reckte er den Kopf
und starrte mit weit aufgerissenen Augen die Treppe
hinauf. Die ausgetretenen, etwa anderthalb Meter breiten Stufen führten direkt ins milchiggelbe Licht der
oberen Straßenlaterne.

»Meine Güte, wenn er da hinuntergesegelt ist, hat er
sich sämtlich Knochen im Leib gebrochen. Was soll ich
tun, Julius? Was soll ich denn nur tun?«

Nimm seinen Mantel, er braucht ihn, glaube ich, bald nicht mehr.

»Ich hole Hilfe, Herr Besseler. Das wird nur einen Moment dauern.«

Die Linke des Alten schoss zu Herbie empor und fasste ihn am Arm, dass er die kalten Finger durch den dünnen Stoff seiner Jacke spüren konnte. Die andere Hand zog unbeholfen etwas aus dem Inneren des Mantels hervor. Es war eine alte, an den Ecken zerschlissene Kladde, die Besseler zitternd zu Herbie herüberschob.

»Verstecken …«, glaubte Herbie zu hören. »Muss verschwinden … Bartsch … Du … musst … verstecken … sonst …« Die Stimme wurde zu einem kiesigen Krächzen.

Verwirrt betrachtete Herbie, was ihm der alte Mann in die Hand gedrückt hatte. Die Aufschrift auf dem Etikett war in winziger Sütterlinschrift verfasst, die er im Halbdunkel unmöglich entziffern konnte. Der Alte stöhnte wieder und Herbie richtete sich auf. »Ich laufe zum Hotel gegenüber«, rief er und stolperte schon halb über die Straße. »Da kann jemand den Krankenwagen rufen!«

Während er auf den Eingang des Hotels Augustinerkloster zulief, befingerte er fortwährend die Kladde und sagte atemlos: »Da ist was faul, Julius. Der ist nicht von selbst gestolpert, das sag ich dir! Der hatte vor irgendwas Angst.«

Ein Attentat? Wie hieß der Hitchcock-Film? Die 39 Stufen? Und French? Was bedeutet das? French Connection? Drogen? Julius kicherte leise. *Dann solltest du gleich die Polizei anrufen und ihnen das Ding da überreichen.*

Herbie schüttelte den Kopf. »Kommt nicht in Frage.«
Und warum nicht?

Mit dramatisch gekräuselten Augenbrauen hauchte Herbie: »Mir glaubt doch sowieso keiner.«

Ludwig Besseler, pensionierter Beamter, Ehrenmitglied des Eifelvereins, Heimatkundler und Mitglied des Hillesheimer Pfarrgemeinderats, überlebte die Nacht nicht. Er starb auf dem Weg ins Gerolsteiner Krankenhaus.

Herbie hatte es am Morgen von seiner Vermieterin, Frau Schnichels, erfahren. Er saß an seinem Küchentisch und kaute beiläufig auf seinem Käsebrot herum, während er durch die vergilbten Seiten der Kladde blätterte. Die Sütterlinschrift füllte in feinen, akkuraten Schnörkeln nahezu das ganze Heft. Es fiel ihm schwer, die Texte zu entziffern, und mit jedem weiteren Wort wuchs seine Enttäuschung.

Oh ja, das hättest du zweifellos der Polizei zeigen sollen. Julius strich sich selbstgefällig über seine Tweedweste. *Die hätten vermutlich gleich den Verfassungsschutz eingeschaltet.*

»Ein handgeschriebenes Kochbuch«, murmelte Herbie ratlos und schlürfte Kaffee. »Margarethe Sürtgen, Udenbreth 1949. Udenbreth liegt an der belgischen Grenze. Ob die Frau dort noch lebt? Hm, klingt alles so unspektakulär. Was soll man damit anfangen?«

Rezepte für Sprengstoff? Kochanleitungen für eine Wahrheitsdroge?

»Fehlanzeige. Rindfleischsuppe, Döppekooche und Panhas, was immer das auch sein mag.« Sämtliche aufgeführten Rezepte waren mit einer Zutatenliste und einer minutiösen Auflistung der erforderlichen Pfennigsummen versehen. »Das ist doch kein Geheimnis, Julius.«

Er schlug die Kladde zu. »Und trotzdem geht mir dieser Blick nicht aus dem Kopf. Der Alte hatte Angst. Und er hat darauf bestanden, dass ich das Buch *verstecke*. Das habe ich mir doch nicht eingebildet.«

Man müsste die Rezepte nachkochen, um es herauszufinden!

»Ich fürchte, dafür reicht der Inhalt meines Kühlschranks nicht aus.«

Stimmt allerdings. Die Milch ist mittlerweile linksrotierender Joghurt, der Joghurt Käse und es wird nicht mehr lange dauern, bis die restliche Wurst zum Leben erwacht und auf eigenen Beinen durch die Küche krabbelt.

»Ich weiß, wer mir helfen kann!«, jubilierte Herbie und griff zum Telefon.

* * *

Annette Hartmann hatte ihr Dasein dem Erforschen der Esskultur vergangener Zeiten verschrieben. In der Eifel und im Kölner Raum zelebrierte sie mit großer Sorgfalt Kulinarische Leseabende, bei denen dem Publikum neben der Literatur auch der Gaumenschmaus dargeboten wurde. Herbies Kladde erforschte sie mit spitzen Fingern und freudig geröteten Bäckchen.

»Das ist ja ein richtiger Schatz«, rief sie immer wieder enthusiastisch. Herbie hatte sie im Kloster Steinfeld angetroffen, wo sie gerade eine Abendveranstaltung zu Umberto Ecos *Der Name der Rose* vorbereitete. »Mit Preisen und allem drum und dran. Sieh mal hier. Mehl, 24 Pfennige!«

Für 24 Pfennige musste Ludwig Besseler sein Leben lassen. Das ist wirklich bitter.

Annette Hartmann registrierte Herbies kurzen Seitenblick und fragte: »Nervt Julius wieder?«

Sag ihr, dass ich mir das nicht bieten lassen muss!

»Geht so«, wiegelte Herbie ab, dem es auch nicht wesentlich angenehmer war, wenn die Leute so taten, als sei sein Begleiter real vorhanden. »Sag mir lieber, was du davon hältst. Ist irgendetwas außergewöhnlich daran?«

»Es ist immerhin außergewöhnlich schön. Und es ist beeindruckend, wie sorgfältig diese Frau Sürtgen alles aufgeschrieben hat. Jedes Rezept sogar mit Datum. Lebt sie noch?«

»Kann sein. Mein Freund Köbes, der mir seinen alten Volvo geliehen hat, hat Freunde in Udenbreth, der will sich mal umhören.«

»Und wie ist der alte Mann an diese Kladde gekommen?«

»Besseler war offenbar ein leidenschaftlicher Sammler, das weiß jeder in Hillesheim. Er hat andauernd sämtliche Flohmärkte in der Region nach Regionalia abgeklappert und viele Stücke im Internet ersteigert. Wenn irgendwo auch nur Eifel draufstand, hatte Besseler es schon so gut wie gekauft. Frau Kannengießer, die bei ihm putzt, sagt, die Kladde habe er erst gestern von einem Mann gekauft, dessen Wagen ein Kölner Kennzeichen gehabt habe. Mehr wusste sie leider nicht.«

Anette krauste amüsiert ihre spitze Nase. »Du hast schon fleißig nachgeforscht, was?«

Naja, hat ja sonst nichts zu tun, unser oller Müßiggänger.

Herbie nickte und durchschritt mit gesenktem Kopf den Raum, in dem die Tische bereits für die Abendveranstaltung eingedeckt waren. »Aber ich begreife einfach nicht, was so Besonderes an diesen Rezepten sein soll.«

Annette beugte sich wieder über die Kladde. »Ich sehe es auch nicht. Die Rezepte sind toll. Und wenn ich mir bei Gelegenheit Fotokopien davon machen dürfte, wäre das wirklich klasse. Es gibt Grießflammerie und Graupensuppe, aber daran ist eigentlich nichts außerge… Moment mal …« Sie stutzte und blätterte zurück. Herbie wandte sich zu ihr um und sah, wie ihre Finger durch die Seiten flogen. Vor und wieder zurück, hin und her. »Das ist seltsam«, murmelte sie. »Wirklich seltsam.«

Ach, das ist nichts, junge Frau. Julius reckte den Kopf über ihre Schulter. *Dass da keine Pizza Quattro Stagioni und kein Wokgemüse drin steht, muss euch nicht weiter beunruhigen.*

»Sieh mal hier, Herbie. Am Ende einer jeden Zutatenliste stehen Dinge, die nicht dazugehören. 28 Stück Karotten … 34 Kartoffeln … 21 Esslöffel kalte Milch … Das ist komisch. Das passt nicht. Und das ist viel zu viel!«

* * *

Er hat über Fünfhundertfünfzigtausend drauf. Da wird er die paar Meter auch noch schaffen. Julius beugte sich vom Rücksitz nach vorne und brüllte gegen den Motor an, der Geräusche machte, als würde ein vierzigteiliges Kaffeeservice samt Besteck in einer Waschmaschine rotieren. Herbies Freund Köbes war gemeinhin dafür bekannt, dass er sich in seiner Werkstatt hoffnungsloser Unfallfahrzeuge annahm und sie in rollende Zombies verwandelte. Der Wagen quälte sich den Berg hinauf in Richtung Udenbreth. Das Dorf lag auf einem sanft geschwungenen Höhenzug. Dahinter erstreckte sich ein ausgedehntes Waldgebiet, durch das die deutsch-belgische Grenze verlief. Der Regen, der auf die Windschutzscheibe niederging, brachte die ersten fetten Schneeflocken mit, die von den rostigen Scheibenwischern großflächig über das Glas gebürstet wurden.

Der Bauernhof, den sie suchten, lag etwas außerhalb, in Richtung Hollerath. Der marode, alte Siloturm war schon von Weitem zu entdecken.

Der Wagen rollte auf dem unbefestigten Hof aus und gab ein vielleicht letztes Seufzen von sich, als Herbie den Schlüssel im Zündschloss drehte.

Herbie versuchte, auf dem Weg zum Haus die schlimmsten Pfützen zu umrunden. Der Wind riss an seinem dünnen Jackett, und er knurrte, ohne sich zu seinem fröhlich pfeifenden Begleiter umzusehen: »Ja, ja, ich weiß. Falsche Jacke.«

Und falsches Schuhwerk. Vorsicht, da vorne!

Herbie schrak zusammen, wich mit dem rechten Fuß einem großflächigen Schlammloch aus und versank augenblicklich linkerhand knöcheltief in einem anderen.

Im Hof war ihre Ankunft offenbar zur Kenntnis genommen worden. Zwei Hunde bellten von irgendwoher und die Haustür wurde geöffnet.

Zögernd näherte sich Herbie, wobei er versuchte, seine nassen Hosenbeine auszuschütteln.

Der etwa fünfzigjährige Mann, der im Halbdunkel sichtbar wurde, steckte in einem graublauen Kittel und hatte dünnes, streng zurückgekämmtes Haar. Das Kinn mit dem Dreitagebart hatte er trotzig vorgeschoben. »Was wollen Sie?«, fragte er lauernd.

»Wohnt hier eine Frau Sürtgen? Margarethe Sürtgen?«

»Sie heißt nicht mehr Sürtgen. Sie heißt Thönneßen. Was wollen Sie von ihr?« Es klang feindselig.

Herbie kratzte sich am Kopf. »Äh, nun ja, es geht um etwas, das ein paar Jährchen zurückliegt. Eine sehr alte Geschichte, die …«

Der Mann trat aus der Tür heraus auf ihn zu.

»Etwa schon wieder diese verdammte Schmuggelgeschichte?« Seine Stimme war nur noch ein Knurren.

Sag ihm einfach, du seist der Avonberater und du wolltest nur ein paar Pröbchen vorbeibringen.

Herbie horchte auf. Schmuggel? Blitzschnell rasten seine Gedanken hin und her. Die Grenze … die Daten … Karotten, Kartoffeln, kalte Milch …

Denkst du auch, was ich denke? Ka, Ka, Ka… Kaffee?

»Kaffee?«, entfuhr es Herbie.

Der Mann wandte sich abrupt ab und ging zu einer Metalltür, hinter der das Hundegebell mittlerweile einem infernalischen Getöse glich.

»Wir haben die Schnauze voll, hören Sie!«, röhrte der Mann und griff nach dem metallenen Riegel. »Meine Mutter will endlich ihre Ruhe. Radio, Fernsehen, Historiker, Touristiker … Ihr verdammtes Gesocks werdet aufhören, uns zu quälen!«

»Aber ich habe etwas von Herrn Besseler bekommen, das …« Weiter kam er nicht. Die Tür flog auf, und drei große Hunde brachen aus der dahinter liegenden Dunkelheit hervor und stürzten augenblicklich auf Herbie zu.

Ich glaube, die wollen nur spielen.

Die Rasse der drei Köter war nicht auszumachen, ihre Felle waren struppig und verdreckt. Herbie machte auf dem Absatz kehrt und rannte zurück zum Wagen. Er fischte den Schlüssel aus der Jacketttasche, und beinahe im selben Augenblick entglitt er ihm auch schon uns verschwand in einer riesigen Pfütze. Herbie stürzte auf die Knie, tastete mit beiden Händen in der braunen Brühe herum. Die Hunde kamen näher und näher, und er hatte gerade beschlossen, erst einmal ohne den Schlüssel ins Auto zu springen, nur um den Bestien zu entkommen und sein Leben zu retten, als plötzlich ein schriller Pfiff ertönte, und die Hunde in ihrem Lauf innehielten.

Im Rahmen der Haustür erschien eine kleine, magere Frau, die sich auf einen Stock stützte und stumm zu ihm herüberblickte.

* * *

Sie saßen im Wohnzimmer zusammen. Die Einrichtung war größtenteils aus den Siebzigern übriggeblieben, nur der moderne Holzbrennofen wirkte deplatziert. Er strahlte eine gemütliche Wärme aus, die Herbie wohl tat. Er glaubte, kleine Dampfwölkchen von seinen unmittelbar davor abgestellten Schuhen aufsteigen zu sehen.

Julius blickte von der Wohnzimmerschrankwand auf, in der etliche Meter von dickleibigen Buchclubausgaben und allerlei buntem Nippes aufgereiht standen. *So, jetzt wüsste ich aber mal gerne, ob der Kaffee, den du da schlürfst, echte Nachkriegs-Schmuggelware aus Belgien ist.*

Als hätte die alte Frau ihn gehört, sagte sie mit einer leisen, heiseren Stimme: »Sie können sich nicht vorstellen, was das für eine Wohltat war, wenn man echten Bohnenkaffee kriegte. Es gab so viele Entbehrungen, so viele Dinge, die man missen musste.« Sie saß auf der Eckbank, schräg gegenüber von Herbie, und blätterte mit zitternden Fingern in ihrem Kochbuch herum.

»Die Kartoffeln, die Karotten … Sie haben Buch geführt über die Schmuggelerträge, nicht wahr?«

Sie nickte. »Wahrscheinlich war das dumm. Aber ich hatte schon immer diesen Hang dazu, ordentlich Buch zu führen. Es hat ja auch nie jemand etwas damit anfangen können. Die Rezepte habe ich ja nur für mich aufgeschrieben.« Sie blickte zu Herbie herüber. Ihr Mund wurde schmal, als sie fragte: »Und Ludwig Besseler ist tot, sagen Sie?«

Er nickte und hielt die wärmende Kaffeetasse in beiden Händen. »Er hat mir diese Kladde gegeben.«

»Und er hat Ihnen von damals erzählt?«

Julius beugte sich zu Herbie hinunter. *Mach jetzt keinen Fehler, alter Knabe. Näher wirst du nicht mehr an die Wahrheit herankommen.*

Herbie nickte wieder. »Ja, das hat er.«

Sie räusperte sich ein wenig verlegen.

In diesem Moment fuhr draußen ein Trecker über den Hof. »Mein Sohn Robert ist ein guter Junge. Er ist von meinem zweiten Mann, Heinz Tönneßen. Der ist vor zwei Jahren gestorben. Lungenkrebs. Mein erster Mann ist in Russland geblieben.« Sie deutete vage auf ein paar gerahmte Fotografien auf dem Fernseher. Von seinem Platz aus konnte Herbie keines der Gesichter erkennen.

»Robert weiß nicht alles. Das muss auch nicht sein. Er regt sich schon viel zu sehr darüber auf, dass dauernd

Leute kommen, die etwas über die Zeit nach dem Krieg wissen wollen. Die Schmuggelgeschichten faszinieren die Leute. Dass jemand für Kaffee und Schokolade sein Leben aufs Spiel setzte, kann man heute kaum noch begreifen. Aber wer Kaffee hatte, hatte etwas zum Handeln. In allen Dörfern entlang der Grenze gab es Schmuggler. Ich bin aus unserem Dorf tatsächlich die letzte.«

Herbie schwieg, weil er spürte, dass er ihren Redefluss nicht unterbrechen durfte, wenn er alles bis zum Ende hören wollte.

»Wir waren zu sechst. Wir gingen jede Woche einmal, in unterschiedlicher Besetzung. Wenn wir entdeckt wurden, trennten wir uns. Da konnte immer nur einer geschnappt werden.«

Ihre Worte klangen wie die eines Kleinstadtganoven, und doch war sie nur eine steinalte Frau, die sich in eine Zeit zurückdachte, in der sie ums Überleben hatte kämpfen müssen.

»Bartsch war ein Schwein. Die Zöllner verrichteten ihren Dienst zwar alle gewissenhaft, aber er war besonders scharf. Wissen Sie, ich war Witwe, und ich war noch jung, da interessierten sich die Männer schon für mich.« Es klang fast ein wenig kokett.

»Auch Besseler?«, tippte Herbie.

»Auch Besseler. Er war Zöllner, so wie Bartsch, aber er war ein anständiger Kerl. Ich habe ein paar Mal mit ihm getanzt, auf der Kirmes und so. Aber ich hätte niemals etwas mit ihm angefangen, wo er doch Zöllner war.« Sie blickte kurz auf, um von Herbie eine stumme Geste der Zustimmung einzufangen. Er schenkte sie ihr.

»Eines Nachts, es war mitten im Januar, es waren Minus siebzehn Grad, da hatte Bartsch uns überrascht. Wir kamen von Rocherath herüber und rannten in alle vier Himmelsrichtungen davon, als er auftauchte. Ich glaube, er musste nicht lange überlegen, wen von uns er verfolgen sollte. Wie gesagt, er hatte es auf mich abgesehen. Und dann hat er mich durch den Schnee in seine Hütte geschleppt. Ich bin vor Angst und Kälte fast gestorben. Schließlich musste ich mich ausziehen, und er …« Ihre Stimme wurde leiser und leiser.

Dann stand sie auf und kam mit der Kaffeekanne zu Herbies Sessel beim Ofen. Während sie nachschenkte, fragte sie: »Und Besseler hat Ihnen wirklich alles erzählt?«

Dass Herbie zögernd sagte »Ja, alles«, schien für sie mehr oder weniger eine Formalität zu sein. Es war ihr offenbar nicht wichtig, ob er wirklich schon im Bilde war oder nicht. Sie hatte beschlossen, nicht hinterm Berg zu halten und war offenbar froh, alles erzählen zu können. Vielleicht zum ersten Mal seit über sechzig Jahren. Vielleicht zum letzten Mal in ihrem Leben.

»Nachdem er mich grün und blau geschlagen und vergewaltigt hatte, habe ich mit einem Mal seine Waffe zu fassen gekriegt und habe versucht, ihn zu erschießen«, fuhr sie plötzlich laut fort und knallte die Kaffeekanne auf den Tisch, dass es klirrte. Und leise fügte sie hinzu: »Das Schwein hat aus dem Oberschenkel geblutet und wütend herumgeschrien. Aber dann kam sein Kamerad Ludwig Besseler hereingestürmt und hat gesehen, was passiert war. Und dann hat er mir die Kleider zugeworfen, die Tür aufgestoßen, und mich einfach laufenlassen. Als ich durch den Wald strauchelte, hat es in der Hütte plötzlich ein zweites Mal geknallt. Offiziell wurde der Tod von Bartsch niemals aufgeklärt.«

»Er hat Sie offenbar wirklich geliebt«, sagte Herbie stockend.

»Ja, das hat er wohl.«

Julius stieß einen tiefen Seufzer aus.

* * *

Der Regen war jetzt endgültig in Schnee übergegangen. Auf blanken Sommerreifen rutschte der alte Volvo talwärts in Richtung Hillesheim.

»Ich habe Recht behalten, Julius. Immerhin das stimmt mich froh an dieser ganzen Geschichte.«

Vor seinem geistigen Auge sah er wieder die alte Margarethe Thönneßen, wie sie die Klappe des Ofens öffnete und ein letztes Mal mit den knotigen Fingern über den dunklen Einband der Kladde strich, bevor sie sie in die Flammen warf.

Aber das große Komplott war es mitnichten. Es sollte kein Präsident in die Luft gesprengt werden, und es ging nicht gerade um die Weltherrschaft. Julius wischte sich ein Guckloch in die beschlagene Seitenscheibe. *Und der alte Ludwig Besseler ist schlicht und ergreifend ausgerutscht. Keine Killer, kein Geheimdienst.*

»Einverstanden«, sagte Herbie mit einem Anflug von Fröhlichkeit. »Weißt du was, Julius?«

Hm?

»Es ist manchmal gar nicht so übel, dass man mir nicht glaubt.«

Das Schweigen der Handys

Wenn Anton später über diesen einen, besonderen Abend nachdachte, fiel es ihm schwer, sich dieses Wechselbad der Gefühle noch einmal zu vergegenwärtigen. Er war Kaminbauer. Das war ein Beruf, der ihn körperlich forderte, und bei dem trotzdem die Ästhetik eine gewichtige Rolle spielte. Eine geschmackvoll entworfene Feuerstelle erforderte in mehrfacher Hinsicht großes Talent. Das fing bei den frühen Skizzen an und endete bei der ersten Befeuerung eines neuen, künstlerisch ausgestalteten Objekts.

Anton hielt sich selbst nicht ganz unberechtigt für einen Schöngeist. Er hatte stets gerne Kammermusikabende besucht und war von jeher jemand gewesen, der sich in Konzerthallen, Theatern und Opernhäusern wohl gefühlt hatte.

Dieser eine, alles auslösende Abend war ihm von Anfang an als besonders lohnenswert erschienen. Die vielversprechende Auswahl der Musikstücke, ein angenehm blumiges Parfüm, irgendwo ein paar Plätze weiter weg zu seiner Rechten, eine angenehme Raumtemperatur, eine vorzügliche Akustik, der unverstellte Blick aus der ersten Reihe direkt auf die Bühne – Anton war glücklich.

Die Cellistin war eine schöne Frau. Auch das gefiel ihm. Eine schlanke, junge Künstlerin mit säuberlich gescheiteltem, schulterlangem, ebenholzfarbenem Haar, blassem Teint und kräftig roten Lippen. Sie trug eine crèmefarbene Robe, die sich deutlich von dem hinter ihr positionierten Flügel abhob, und hochhackige, weiße Schuhe, was er ungewöhnlich, aber attraktiv fand. Der Pianist, der sie begleitete, hatte eine krause, graue Mähne und beugte sich so weit über sein Instrument, dass es so aussah, als wolle er in es hineinkriechen.

Sie hieß Irina und hatte einen komplizierten, slawisch klingenden Nachnamen, den er sich nicht hatte merken können. Er hätte zu gerne im Programmheft nachgesehen, aber das versagte er sich, um nicht die Andacht des Konzerts zu stören. Das musste bis zur Pause warten.

Vom ersten Moment an war er von dem Konzert begeistert. Die angenehme Atmosphäre wurde durch das wohltemperierte Spiel des Duos bereichert. Es gab zunächst zwei kurze Stücke. Eins heiter, eins finster. Die Musiker beherrschten jede Farbe. Das dritte Stück war ihm sogar bekannt. Die Elegie von Fauré spielten die beiden mit einer unnachahmlichen Hingabe. Der Pianist ließ die Finger enthusiastisch über die Tastatur gleiten, und die blasse, fast weiße Linke der Cellistin flatterte über den Hals ihres Instruments wie ein hinter dem Fenster eingesperrter Schmetterling. Die rechte Hand schien den Bogen gar nicht festzuhalten, sondern es sah so aus, als leite sie ihn nur sanft mit einem Fingerzeig hin und her auf seinem Weg über die Saiten.

Es musste ein ganz außergewöhnliches Gefühl sein, sich so frontal dem Publikum gegenüber zu präsentieren, sich derart zu öffnen. Auf einem bestimmten Punkt der Bühne fixiert, das Cello zwischen den gespreizten

Beinen positioniert. Für diese Künstlerin gab es kein Entweichen, kein Abwenden, sie war der Aufmerksamkeit des Publikums schutzlos ausgeliefert. Sie teilte sich ganz mit dem Publikum. Sich und ihre Musik.

Da klingelte ein Handy.

Gleich links neben Anton.

Ein Handy!

Nicht die bekannte Telekom-Melodie, keine schnelle Folge halbwegs dezenter kurzer Signaltöne, sondern ein sogenannter polyphoner Sound mit Beats und Hall und Echo und allem Drum und Dran. In der maximalen Lautstärke, die das kleine Gerät hervorzubringen vermochte.

Das Publikum fuhr simultan zusammen. Der Pianist, der gerade in einer besonders dramatischen Passage von Faurés Klagelied angelangt war, schien keine Notiz von dem Störenfried zu nehmen, aber die Cellistin stockte einen Wimpernschlag lang in der Bewegung des Bogens, und ein winziger Misston mischte sich in ihr Spiel.

Es dauerte nur wenige Sekunden, bis das Telefon zum Schweigen gebracht worden war. Nicht gerade übertrieben hektisch. Der Mann, dem es gehörte, saß direkt neben Anton. Was er im Halbdunkel von seinem Mienenspiel erkennen konnte, deutete darauf hin, dass er dem Vorfall mit betonter Gelassenheit begegnete. Das Lächeln, das er jetzt den schockierten Umsitzenden präsentierte, war weniger entschuldigend gemeint, als vielmehr fast unverschämt im Sinne von *Nun mal bloß keine Aufregung, Leute.*

Nun, Anton war jedenfalls aufgeregt!

Diesen Handy-Idioten war er schon häufig begegnet. Nahezu immer war mindestens einer von ihnen irgendwo im Publikum. Es schien fast so, als hätten sie sich sorgfältig auf all die kulturellen Veranstaltungen verteilt, die Anton besuchte.

Noch nie war er jedoch einem von ihnen so nahe gewesen.

Das Publikum hatte sich unterdessen wieder dem virtuosen Spiel der beiden Musiker gewidmet und schien den Vorfall schon vergessen zu haben.

Anton nicht.

Zumal der Typ jetzt, nur mühsam kaschiert, seine Finger über die Tastatur seines Mobiltelefons huschen ließ und offenbar eine SMS schrieb.

Anton reckte den Kopf ein wenig. Was schrieb der da? »Bin im Konzert. Langweilig.«

Jetzt bemerkte Anton die Verunsicherung der Cellistin. Sie stand offenbar noch unter dem Schock der akustischen Störung, ebenso wie er selbst. Ihre Wimpern flackerten, ihr Blick sprang immer wieder von der Literatur auf ihrem Notenständer hin zu dem Telefonisten, der jetzt seine Hand so hielt, dass Anton nicht mehr weiter mitlesen konnte. Ein bleiches Licht leuchtete ihm aus dem Schoß ins Gesicht hinauf.

Mitte bis Ende sechzig, graublondes, längeres, zurückgegeltes Haar, ketchuprotes Brillengestell, kleiner Schnurrbart.

Jetzt gähnte er!

Und tippte weiter.

Las etwas, grinste.

Tippte wieder.

Gähnte wieder.

Die Cellistin kniff die Lippen zusammen. Dieser Kerl störte ihre Konzentration, aber sie kämpfte sich tapfer durch das Opus 24. Nur ihre mahlenden Wangenknochen zeugten davon, dass in ihrem Innersten etwas so sehr brodelte, dass sie am liebsten auf der Stelle von der Bühne geflüchtet wäre. Es schmerzte Anton, sie so leiden sehen zu müssen.

Irgendwann war Pause, und der Kerl begann noch im Hinausgehen ein Telefonat. Laut und rücksichtslos. »Ich hab dir doch gesagt, dass ich in diesem Konzert bin. Nein, Degner ist ausgefallen, und ich soll drüber schreiben …« Dann verschwand er zwischen den Menschen, die sich nach draußen drängelten.

Anton brauchte frische Luft. Wenn ihm diese Situation nicht schon so oft begegnet wäre, hätte er sich vielleicht nicht gar so sehr darüber aufgeregt. Und dieses Mal war es so hautnah geschehen! Er hätte nur nach links ausholen und dem Mann eine Ohrfeige verpassen müssen. Aber das Klatschen hätte schon wieder die Konzentration auf der Bühne unterbrochen. Und womöglich hätten andere, nicht ganz so aufmerksame Konzertbesucher geglaubt, es sei Zeit für den nächsten Applaus.

Anton stapfte durch die Finsternis hinter dem Konzertgebäude, irrte ziellos zwischen den parkenden Fahrzeugen hin und her. Gleich würde er dem Telefonheini eine Warnung zukommen lassen. So einer wie der, durfte doch nicht ungestraft diesen wunderbaren Kunstgenuss marodieren!

Dann sah er sie am Bühnenausgang. Das gelbliche Licht einer kleinen, an der Fassade befestigten Lampe

ließ Sternenstaub auf ihr dunkles Haar und ihre schlan-
ken Schultern hinunterrieseln.

Ohne zu wissen, was er ihr sagen wollte, ging Anton
zu ihr hin. Vielleicht fand er ein paar tröstende Worte,
den ein oder anderen aufmunternden Satz oder vielleicht würde er sogar einen kleinen Scherz über stören-
de Konzertbesucher machen.

Als er sich laut räusperte, schrak sie zusammen.
Kein anderer war in der Nähe, sie schien ihn nicht bemerkt zu haben. Ihr Atem ging flach und stoßweise.
Meine Güte, dieser kleine Zwischenfall hatte bei ihr
ja mehr Unruhe hervorgerufen, als er das vermutet
hatte.

»Entschuldigen Sie, ich wollte Sie nicht erschrecken«,
sagte Anton schnell. Sie tastete nach der Klinke der
Hintertür, um wieder im Gebäude zu verschwinden,
aber etwas hielt sie zurück. Sie zögerte, wand sich hin
und her, stammelte unzusammenhängende Silben und
hatte eine irgendwie schiefe Körperhaltung inne. Was
war mit ihr?

Jetzt sah er, dass einer ihrer Schuhe fehlte. Er lag etwa
einen halben Meter weiter hinter ihr auf den Waschbe-
tonplatten. Und noch etwas weiter dahinter waren im
Halbdunkel zwei andere Schuhe zu erkennen, die anscheinend zu einem liegenden Mann gehörten, dessen
Füße noch darin steckten.

Als er näher herantrat, erkannte Anton den Telefonie-
rer. Das Handy in seiner Hand leuchtete noch.

»Er ist hier draußen rumgelaufen und hat telefoniert
und lamentiert und schwadroniert …«, setzte sie an. Sie
sprach akzentfreies Deutsch.

Anton entdeckte jetzt das Blut am Absatz ihres weißen Schuhs. »Sie haben ihn …«

Sie nickte. »Sie werden das nicht verstehen, aber ich bin zurzeit ein bisschen nervlich angegriffen. Der Mann hat mich nicht bemerkt, als ich hier stand und Luft schnappen wollte. Einer von der Zeitung, wenn ich das richtig verstanden habe. Er hat ein paar sehr hässliche Sachen über das Konzert in das Telefon gesprochen. Da hatte ich plötzlich meinen Schuh in der Hand, und als er gerade wählte, um schon wieder ein neues Telefonat zu führen, da … Ich habe wohl anscheinend eine sehr dünne Stelle seines Schädels erwischt.«

Anton legte ihr die Hand auf den Arm. »Beruhigen Sie sich. Irgendwer musste es ja tun.«

Sie riss die Augen auf und starrte ihn fragend an.

»Ja, aber sicher! Irgendwer muss doch diese Telefonterroristen mal zur Räson bringen.« Er beugte sich über den Toten, dessen Augen hinter der roten Brille seltsam verdreht aussahen. Dann blickte er zum Parkplatz hin. »Wieviel Zeit habe ich, um mein Auto zu holen?«

Stumm schnappte sie nach Luft und schien seine Frage nicht zu verstehen.

»Wann ist die Pause zu Ende?«

Mit einem Blick auf ihre zierliche Armbanduhr sagte sie. »Noch etwa zehn Minuten.«

Anton nickte entschlossen, dann hob er ihren Schuh auf, zog sein Taschentuch hervor, wischte sorgfältig das Blut ab und reichte ihn ihr.

Nur gut, dass er den Autoschlüssel nicht zusammen mit dem Mantel an der Garderobe abgegeben hatte. »Warten Sie hier einen Augenblick und passen Sie auf, dass niemand ihn entdeckt. Ich bin im Nu mit dem Auto zurück, und dann schaffe ich den Rest schon allein. Ich werde rechtzeitig zur zweiten Hälfte wieder drinnen sein.«

In ihren Augen mischten sich Angst, Verwirrung und Dankbarkeit.

Er nickte ihr noch einmal beruhigend zu und ging dann seinen kleinen Firmenwagen holen.

Das Konzert ging später mit der Grieg-Sonate in a-Moll Opus 36 weiter. Ohne weitere Störungen.

»Gottseidank ist dieser schreckliche Kerl mit seinem Telefon weg«, flüsterte die alte Dame vom übernächsten Platz zu ihm herüber. Anton stimmte ihr zwar in Gedanken zu, aber er wusste, dass er nicht zögern würde, sie nach dem Konzert aus dem Verkehr zu ziehen, wenn sie jetzt nicht den Mund hielt.

Das Gesicht der Cellistin war während des zweiten Teils des Konzerts wächsern und leer, aber ihr Spiel war virtuos wie zuvor. Anton genoss es, auch wenn er das Gefühl hatte, dass sie seinen Blicken auswich. Sie sah überhaupt nicht mehr von ihrem Notenpult auf. Auch beim Schlussapplaus vermied sie es, das Publikum anzusehen.

Eine Konzertkritik gab es in der Zeitung nicht. Zwei Tage später wurde dafür die Nachricht vom Verschwinden eines Lokaljournalisten veröffentlicht. Man vermutete, er sei womöglich einer besonders heißen Sache zu nahe gekommen. Anton fand, dass das durchaus der Fall gewesen war. Auch im Hinblick darauf, dass er den Körper des Toten zuerst handlich portioniert und dann mit einer stark erhöhten Temperatur in Kontakt gebracht hatte, bis so gut wie nichts mehr von ihm übriggeblieben war.

Er beschloss, gegen seinen Plan, vorerst doch kein weiteres Konzert der schönen Cellistin mehr zu besuchen, denn sein Auftauchen würde sie nur verunsichern, und das wollte er auf keinen Fall. Mit etwas Glück würde sie das Geschehene verdrängen und sich künftig wieder einzig und allein auf ihr Spiel konzentrieren können.

In der darauffolgenden Woche ging er in die Oper, und schon nach einer Viertelstunde wurde er an den alten Witz erinnert: Wohin geht man, wenn man Husten hat? Nein, nicht zum Arzt, sondern in die Oper!

Nun, jemand hatte Husten. Keinen losen, sporadisch auftretenden, bereits im Stadium des Abklingens befindlichen Husten. Nein, das hier war ein Husten, der dieser Krankheit ihren Namen verliehen hatte. Es war die Mutter aller Husten. Ein explosionsartiges, heiseres Getöse, bei dem, wenn man den angeekelten Mienen der Umsitzenden Glauben schenken konnte, auch Tröpfchen und Auswurf eine Rolle spielten. Was suchte diese rotznasige, vergrippte Kuh mit einer solchen Erkältung in der Oper?

Oben auf der Bühne bemühte sich Don Giovanni verzweifelt, das unablässige Geröchel und Geschniefe zu übertönen. Irgendwann fing diese Virenschleuder dann auch noch an, sich für jeden Nieser und jeden neuen Hustenanfall ringsumher zu entschuldigen.

Anton beschloss, sie von ihrem Leiden zu erlösen. Und auch den Rest des Publikums. Er machte es nach dem ersten Akt. Als sie kurz vor dem Ende der Pause ihrer Begleiterin erklärte, sie wolle zur Garderobe hinuntergehen, um sich aus dem Mantel eine neue Packung Papiertaschentücher zu holen, passte er sie auf der Treppe ins Souterrain ab und zog sie in eine dunkle Ecke. Sie versuchte zu husten, während er sie erwürgte, aber das unterband er.

Es war danach nicht leicht, ihren Leichnam unbemerkt hinauszuschaffen, aber gottlob fand er schließlich doch einen Notausgang. Gerade noch rechtzeitig war er zum Ende der Pause zurück. Wenn ihm das nicht gelungen wäre, hätte man ihn mit ihrem Verschwinden in Verbindung bringen können.

Anton spürte, dass er immer empfindlicher wurde. Egal, ob er das Theater besuchte oder die Kirche. Jedes Mal war wenigstens eine Person anwesend, die es verdiente, für immer geräuschlos gemacht zu werden. Nicht immer gelang es gleich auf Anhieb. Zwei alte, pausenlos zischelnde Walküren vergällten ihm zum Beispiel einmal den ganzen Goethe-Abend in der Stadtbibliothek, ohne dass er sie zwischendurch hätte ausschalten können. Dafür erwischte er sie zwei Wochen später beim Schiller-Abend schon auf dem Weg zum Veranstaltungsort im Park und sorgte auch gleich mit einem glücklicherweise herumliegenden, dicken Ast vor.

Überhaupt verließ er sich nicht mehr ausschließlich auf den festen Griff seiner Handwerkerhände. Er benutzte jetzt auch Drahtschlingen oder sogar ab und zu ein Messer. Das Verfeuern wurde ihm irgendwann lästig, und er ging nun auch immer häufiger dazu über, die Subjekte einfach an Ort und Stelle zu belassen.

Bei einem Ballettabend schaltete er einmal eine Mutter aus, weil er an ihre beiden unschuldig kichernden und munter mit den Beinen schlenkernden Kinder in der vordersten Reihe nicht drankam.

Ein ausdauernder Popcorn-Prassler und Dosen-Dengler im Kino überlebte Viscontis »Tod in Venedig« nicht.

Eine über und über mit Schmuck behängte Alte, die ihm den ganzen Schubert-Liederabend zu zerklimpern drohte, hauchte zu einer besonders schönen Passage des Tenors ihr Leben aus, und einer ihrer Ohrringe kullerte zu Boden wie *gefror'ne Tränen*.

Meistens nahm das restliche Publikum lediglich erlöst zu Kenntnis, dass in seiner Mitte endlich Ruhe eingekehrt war und kümmerte sich nicht weiter um die dahingeschiedenen Störenfriede, die im Dunkel der Stuhlreihen in sich zusammensackten.

Anton begriff den Umstand, dass ihm keine seiner Taten je angelastet wurde, als Ermutigung weiterzumachen. Er hatte jetzt eine Mission.

Heute, zahllose Kulturveranstaltungen später, ist er versierter denn je. Er ist skrupellos, er benutzt unscheinbare Waffen, er schlägt schnell und unerkannt zu, und – ja – er ist manchmal fast ein bisschen traurig, wenn überraschenderweise mal niemand auffällig wird. Kein Handy, kein Husten, kein Geschwätz … Das kommt aber wirklich so gut wie nie vor.

Heute Abend besucht Anton eine Krimilesung.

Er ist wie immer bestens vorbereitet.

Das Schweinchen

Die Platane legte einen gewaltigen Schatten über den festgestampften, sandigen Platz des Dorfes. Im Blätterdach balgten sich halbherzig ein paar mittagsmüde Vögel, und vor dem kleinen Café saßen zu dieser Stunde nur wenige Gäste. Wie lauwarme Suppe schwappte die Luft durch die Gässchen des Dorfes am Fuße der Cevennen.

Zwei alte Männer standen beinahe regungslos am Rande der großen Fläche und redeten miteinander. Nur hin und wieder ging einer von ihnen in die Hocke, spreizte je nachdem die Beine oder bückte sich nur mit dem Oberkörper im geraden Winkel nach vorne, die Knie aneinandergelegt. Dann blickten sie ihren metallisch glänzenden Kugeln hinterher, die in elliptischen Bahnen durch die Luft flogen oder gemächlich über den Kalksplitt kullerten. Es gab klackernde Geräusche, wenn Metall auf Metall prallte, und große Gesten oder halblautes Lamento.

Bertrand ging mit entspannt wiegendem Schritt auf die beiden zu. Sie waren sicher gut zwanzig Jahre älter als er. Der eine trug ein Strohhütchen, aus dessen Geflecht einzelne Halme herausragten. Er hatte eine getönte, klobige Brille auf der Nase und steckte in einem geblümten, kurzärmeligen Hemd.

Der andere hatte das graumelierte, schüttere Haar in pomadigen Wellen in den Nacken frisiert und ließ ununterbrochen eine erkaltete Zigarette von einem

Mundwinkel in den anderen tanzen. Er trug ein weißes Feinrippunterhemd und eine khakifarbene Hose mit unzähligen Taschen.

»Ein Ründchen?«, fragte der mit der Zigarette in Bertrands Richtung und ließ einladend die Petanque-Kugel ein paar Zentimeter hoch in die Luft hüpfen. »Keine Angst. Wir scheren uns nicht um die Regeln. Das ist kein Wettkampf, nur Zeitvertreib.«

»Wir lassen ein bisschen die Kugeln rollen. Je langsamer wir das machen, umso seltener müssen wir uns bücken, um sie wieder aufzuheben. Zu dritt macht es mehr Spaß«, ergänzte der mit dem Hütchen. »Oder wollen sie lieber uns zwei alten Schildkröten dabei zugucken, wie wir hier in Zeitlupe durch die Gegend kriechen?« Die beiden lachten schnarrend.

Bertrand zuckte mit den Schultern. Er war auf der Durchreise, er hatte Zeit. »Warum nicht?«

Die beiden Alten wurden auf einmal emsig. Sie drückten ihm die Hand. »Ciprian«, stellte sich der mit dem Hütchen vor. »Lucas«, sagte der mit der Zigarette.

Bertrand nahm zwei Kugeln entgegen, die die Sonne aufgeheizt hatte.

Lucas schob die Unterlippe vor und richtete die Zigarette steil auf. Dann warf er das Schweinchen. Die kleine hölzerne Kugel kullerte langsam aus, und Lucas schickte nur ein paar Minuten später seine Metallkugel gleich hinterher. Er drehte dabei geübt das Handgelenk. Sie landete aber nicht gerade in der unmittelbaren Nähe des Schweinchens, was seinem Kumpel Ciprian ein Kichern entlockte. Der schob seinen Hut in den Nacken und warf nun ebenfalls. Seine Kugel näherte sich dem Schweinchen mit holprigen Bewegungen und wurde im letzten Moment durch eine kleine Unebenheit abgelenkt. Ciprian sog zischend die Luft durch die Zähne ein.

Nun war die Reihe an Bertrand. Er hatte lange nicht gespielt. Sicher würde er ein paar Anlaufschwierigkeiten haben. Er versuchte es mit einem Flachschuss, das war schon immer seine Spezialität gewesen. Tatsächlich gelang es ihm, näher ranzukommen als seine beiden Mitspieler, was ihm ein anerkennendes Nicken der beiden einbrachte.

Ciprian trottete gemächlich zum Café hinüber und kehrte mit einem kleinen Tablett und drei Gläsern Rotwein zurück.

Sie prosteten einander zu und tranken. Dann folgte der nächste Durchgang. Jeder spielte nun seine zweite Kugel.

»Wo waren wir vorhin stehengeblieben?«, fragte Lucas, während er erneut Stellung bezog, um seine Kugel zu rollen.

»Bei Martine«, knurrte Ciprian und rieb sich die Nase, wobei seine Brille hoch und runter tanzte.

»Jaja, Martine« seufzte Lucas und schoss gezielt Ciprians Kugel zur Seite.

Bertrand registrierte, dass die beiden offenbar keine Scheu hatten, ihn an ihren privaten Unterhaltungen teilhaben zu lassen. Er gehörte jetzt anscheinend zum Trio dazu.

Als hätte er seine Gedanken erraten, sagte Lucas: »Wir plaudern gern beim Spielen. Wundern Sie sich nicht.«

»Keine Sorge.« Bertrand plauderte eigentlich auch gerne, hatte aber nur selten Gelegenheit. Seit er allein lebte, hatte sich die Welt um ihn herum seltsam verwandelt. Er war nicht mehr geübt im Umgang mit Menschen. Diese Begegnung hier war für ihn ein ungewohntes Vergnügen.

»Es war dieser schreckliche Mistral damals, weißt du?«, knurrte Lucas. »Ich bin hier aufgewachsen, ich habe hier fast mein ganzes Leben verbracht, ich bin hier zum alten Mann geworden, aber ich kann mich einfach nicht an diesen verteufelten Mistral gewöhnen. Hui! Huiui …« Er ahmte das Geräusch des Windes nach. »Er macht die Menschen verrückt. Er treibt sie in den Wahnsinn, ist es nicht so?« Er bedachte Bertrand mit einem fragenden Blick. Der wackelte unentschlossen mit dem Kopf.

Ciprian grunzte vergnügt. »Unser junger Freund hat sicher noch keinen Mistral erlebt. Er ist blass wie ein Stallkaninchen. Paris, stimmts?«

»Hört man es an meiner Sprache?«

»Ja, ein bisschen.«

Lucas räusperte sich vernehmlich. »Martine also …« Die beiden anderen verstummten. »Wenn der Mistral nicht gewesen wäre, wäre das auch mit Martine nicht passiert, da bin ich mir sicher.«

Inzwischen hatte Ciprian wieder seine Position eingenommen und versuchte, die Laufbahn seiner zweiten Kugel vorauszuplanen. Währenddessen erzählte Lucas weiter, und seine Zigarette hüpfte auf und ab: »Martine Malmont war ein wildes Weib, doch, doch, muss man schon sagen. Oben aus Saint-Hilaire kam sie. Sie war ein bisschen wie der Mistral, glaubt mir. Eine schwarze Mähne, glänzend wie Kaviar. Und Zähne. Die konnte beißen …« Er kicherte still in sich hinein. Im nächsten Augenblick hob er dann aber mit bedauerndem Ausdruck die Augenbrauen in die Höhe und seufzte: »Dass es so enden musste, war traurig. Wirklich traurig. Eine reine Eifersuchtssache. Wie gesagt, der Mistral … Kein Wunder, wenn man bedenkt, wie die es getrieben hat.« Er ließ seine Arme mit den mittlerweile leeren Händen hin und her baumeln. »Ganz einfache Sache. Ein kleines Löchlein im Bremsschlauch ihres 2CV. Wirklich nur ein klitzekleines Loch.«

»Hätte auch ein Materialschaden sein können. Ein Unfall«, brummte Ciprian.

»Jaja, genau danach sollte es ja auch aussehen. Aber es war eben dieses kleine Löchlein. Und dann hat die Ente das Fliegen gelernt. In den Serpentinen zwischen Valliguières und Campey ist es passiert. Die Leute fragen sich heute noch, warum sie da rumgekurvt ist. Nun, die wissen ja auch nichts von dem kleinen Briefchen, das sie da hin gelockt hat, die arme Martine Malmont.« Er lächelte still in sich hinein.

Bertrand runzelte die Stirn. Was redeten die beiden Alten da?

Und wieder schien Lucas in diesem Augenblick seine Gedanken zu erraten. »Verwirrt Sie das, was wir hier erzählen?«, fragte er. »Schenken Sie uns einfach keine Beachtung. Wir sind nur zwei alte Säcke, die nicht mehr viel Zeit haben, in ihren Erinnerungen zu schwelgen.«

Ciprian warf jetzt die Kugel in schulterhohem Bogen. Sie setzte einen halben Meter vor dem Schweinchen auf und rollte dann gemächlich weiter darauf zu. Zwei Handbreit vor der kleinen Holzkugel blieb sie liegen. Ciprian drückte den Rücken durch und grunzte verächtlich. Das hatte er sich schöner vorgestellt.

Dann schien auch ihn plötzlich eine Erinnerung abzulenken: »Bei mir war es Oulivié Cerdan.« Ein Lächeln umspielte seinen Mund. Er rückte die dicke Brille zurecht. »Das war aber was anderes. Keine Eifersucht. Da ging es um Geld. Um richtig viel Geld.«

Unsicher stellte sich Bertrand zum Wurf auf. Er spürte, wie seine Hand, in der er während der ganzen Zeit seine zweite Kugel gehalten hatte, zu schwitzen begann. »Entschuldigen Sie bitte, aber was Sie da erzählen, meine Herren … Ich weiß wirklich nicht …«

Die beiden Alten grinsten schelmisch. »Ich sagte doch, hören Sie einfach nicht zu. Es sind nur wehmütige Erinnerungen.« Lucas deutete auf das Schweinchen. »Los, nur zu, zeigen Sie uns, wie man das in Paris macht.«

»Genau, konzentrieren Sie sich!«

Aber genau das konnte Bertrand nicht. Er visierte sein Ziel an und schwenkte die Hand mit der Kugel mehrfach in der ungefähren Richtung der Flugbahn. Hinter sich hörte er die Stimmen der beiden Alten, und trotz der drückenden Schwüle glaubte er einen kalten Hauch in seinem Nacken zu verspüren.

»Ein ganz anderes Kaliber als deine Martine«, schnarrte Ciprian. »Oulivié Cerdan war ein schlankes, scheues Wesen, von einer reinen, unberührten Schönheit. Was man auf den ersten Blick nicht sah: Sie hinkte. Aber nicht nur ein bisschen, sondern so richtig, wie ein alter Bollerwagen, dem ein Rad fehlt. Und was man auch auf den zweiten und dritten Blick nicht erkennen konnte: Sie war steinreich. Ihrem Vater gehörten drei Ölmühlen. In Uzès, in Remoulins und das dritte hab ich vergessen. Oulivié jedenfalls hat immer in dem kleinen Teich am Waldrand von Pouzilhac gebadet. Sie war ein echtes Naturkind, die kleine Oulivié. Jaja, lange her. Dreißig Jahre mindestens …« Er seufzte. »Ach, damals, ja, damals …«

»Und wie geht's weiter?«, fragte Lucas.

Bertrand glaubte, seinen Ohren nicht trauen zu können.

»Wie gesagt, eine Geldsache. Sie hatte eine Kontovollmacht. Und so, wie Oulivié von der Oberfläche des kleinen Teichs verschwand … blubb … blubb … so waren auch zigtausend Francs ganz plötzlich vom Konto verschwunden. Sie hat bezahlt für ihr heimliches Vergnügen. Viel bezahlt, weil sich sonst keiner mit ihr abgeben wollte, wegen ihres Klumpfußes. Ja, am Ende hat sie sogar mit dem Leben bezahlt.«

»Unter Wasser gedrückt?« fragte Lucas.

Ciprian schüttelte den Kopf. »Gezogen. Fester Griff, rechtes Fußgelenk … also das gesunde Bein … und weg war sie.«

Die Kugel rutschte jetzt mehr aus Bertrands Hand als dass sie gezielt geworfen wurde. Schnurgerade rollte sie auf das Spielfeld, ließ mit lautem Klackern die Kugeln von Ciprian und Lucas zur Seite springen und positionierte sich schließlich genau neben dem Schweinchen.

»Donnerwetter!« rief Lucas.

»Sauhund!« Ciprians Beschimpfung war eher als Lob gemeint.

Bertrand hörte, wie hinter ihm in die Hände geklatscht wurde, aber seine Gedanken waren mit etwas völlig anderem beschäftigt.

»Ein Pastis vor der nächsten Runde?« fragte Ciprian und klopfte ihm auf die Schulter.

Bertrand fuhr herum. »Hören Sie,«, sagte er aufgebracht. »Das, was Sie beide da gerade erzählt haben …«

Die zwei Männer sahen ihn erwartungsvoll an.

»Vergessen Sie das am besten gleich wieder. Das ist so lange her«, sagte Lucas und winkte ab.

Aber Bertrand ließ nicht locker. Sein Mund öffnete und schloss sich ein paar Mal in schneller Folge. Die Worte wollten nicht heraus. Stattdessen ruderte er mit den Händen durch die Luft.

»Celine Malaussène«, spuckte Bertrand jetzt einen Namen aus. »Ich habe es noch nie einer Menschenseele erzählt. Celine Malaussène, die Frau von diesem Quizmaster aus dem Fernsehen?« Er sah die beiden Alten erwartungsvoll an. Diese runzelten ratlos die Stirn und zuckten mit den Schultern. »Egal! Es war jedenfalls dieser eine schreckliche Abend vor drei Jahren, an dem sie mir auf den Anrufbeantworter gesprochen hatte, dass sie mich nicht mehr treffen kann. Ich glaube nicht, dass ihr Mann wirklich etwas ahnte, das hat sie nur vorgegeben, da bin ich mir heute noch sicher.«

Wie von selbst begann Bertrand, während er erzählte, die Kugeln vom Boden aufzusammeln und an die beiden Männer zu verteilen. Er plapperte jetzt geradezu munter vor sich hin. Ein Damm schien gebrochen.

»Sie haben mich ins Vertrauen gezogen, und nun vertraue ich im Gegenzug Ihnen. Es bleibt ja alles unter uns, nicht wahr? Nun ja, ich habe ihr jedenfalls aufgelauert. Ich wusste ja, wo sie abends gerne spazieren ging. Wie ich das tun konnte, weiß ich bis heute nicht. Aber ich hab's getan. Man hat geglaubt, es handele sich um einen ganz gewöhnlichen Handtaschenräuber, der nur zu fest zugeschlagen hat. Celine hat keinem mehr erzählen können, was wirklich passiert ist. Sie schweigt für immer.«

Er betrachtete für einen Moment die verzerrte Spiegelung seines Gesichts in der Boulekugel. Dann blickte er auf und hielt das Schweinchen zwischen ihnen in die Luft, wie um zu fragen, wer nun an der Reihe sei. Und für den Bruchteil einer Sekunde schoss ihm die Frage durch den Kopf, warum das Schweinchen so ganz anders beschaffen war als die anderen Kugeln in diesem Spiel.

Die beiden Alten starrten ihn mit offen stehenden Mündern an. Lucas' Zigarette war zu Boden gefallen.

»Ich hätte nie gedacht, dass ich das mal jemandem anvertrauen kann«, sagte er beinahe beseelt. »Und dann treffe ich auf Sie beide.«

Ciprian fand als erster die Sprache wieder. »Mein lieber Freund«, sagte er krächzend »wir sind zwar alt und klapprig , und wir sind jetzt auch schon einige Jährchen im Ruhestand. Aber unsere grauen Zellen funktionieren noch recht gut.«

Und Lucas fuhr fort: »Beim Boulespiel sprechen wir eben manchmal über den ein oder anderen Mordfall, den wir in unserer Laufbahn nicht haben lösen können.

Wir haben die Opfer, die Motive und die Tatumstände. Nur eben keine Täter.« Er blickte zu seinem alten Kumpel hinüber, der ebenfalls einen fassungslosen Gesichtsausdruck aufgesetzt hatte. »Wissen Sie, es ist doch immer dasselbe: Einmal Polizist, immer Polizist.«

Ciprian und Lucas ließen achtlos die Boulekugeln auf den staubigen Boden fallen und langsam sank Bertrands Hand mit dem Schweinchen darin nach unten.

Jutta statt Plastik

Kritisch wurde es eigentlich immer nur dann, wenn Onkel Albert und Tante Luise sich heimlich zusammentaten, um Elmar wieder einmal zu helfen. Elmar - sie nannte ihn »Murkelchen« und er »Knäbchen«, lebte bei ihnen, seit er acht Jahre alt war. Seine Eltern waren auf der Rückreise von den Kapverden bei einem Flugzeugabsturz ums Leben gekommen. Seit über zehn Jahren wohnte Elmar nun schon im alten, düsteren Haus der beiden, siebzehn Kilometer vom nächsten Ort entfernt, am Rand des Waldes, und hörte fast tagtäglich die Erzählungen über seine verstorbenen Eltern. Mit Sicherheit waren sie allesamt sehr fantasievoll ausgedacht, da ihm sein Vater und seine Mutter mittlerweile vorkamen wie Geheimagenten, die alle Sprachen der Welt beherrscht hatten und im Notfall wahrscheinlich übers Wasser hätten laufen können. Onkel Albert und Tante Luise liebten ihren Neffen und taten alles dafür, dass es ihm an nichts mangelte. Sie hatten, da sie ohnehin kurz vor der Pensionierung aus dem Lehramt standen, ihre Berufe aufgegeben und widmeten sich ganz ihrem »Murkelchen-Knäbchen« und der Instandhaltung des alten Bauerngehöfts, das davon völlig unbeeindruckt langsam um sie herum zerbröckelte. Und ihren Hobbies: Tante Luise kochte alles, was sich nicht allzu sehr wehrte, und Onkel Albert versuchte sich mit zweifelhaftem Erfolg als Tierpräparator. Was hervorragend harmonierte. Wenn er eines Vormittags

wieder einmal von der unweit des Anwesens vorbei-
führenden Bundesstraße heruntergeeilt kam und laut
jubelte, weil er einen frisch überfahrenen Dachs gefunden hatte, der noch »so gut wie neu« aussehe, dann
kramte Tante Luise mit vor Freude geröteten Bäckchen
die Kasserolle hervor und sprang, »Borretsch«, »Thymi-
an« und »Wacholder« vor sich hinmurmelnd hinaus in
den Gemüsegarten.

Der kleine Elmar wuchs also auch ohne Eltern sehr
glücklich heran. Nur selten verirrten sich Schulkamera-
den in die Abgeschiedenheit des Hofes, aber Onkel und
Tante spielten mit ihm Scrabble, bauten Baumhütten
und versuchten ihn, so gut es ging, in die Geheimnisse
des Lebens einzuweihen.

Als Elmar zehn Jahre alt wurde, legte sich allerdings
ein Schatten über das Idyll, der für eine dauerhafte
Abkühlung der Lebensfreude sorgte. Ärzte vermuteten,
es liege an der ungewöhnlichen Ernährung, Psycholo-
gen hatten den Verdacht, es könne durch den Verlust
des Elternhauses ausgelöst worden sein, aber Onkel,
Tante und Elmar waren sich sicher, dass es weder
durch Dachs im Reisrand, noch durch Blindschleichen-
ragout oder durch die ungewöhnliche Dreisamkeit am
Waldrand ausgelöst wurde, dass bei dem Jungen fast
explosionsartig eine ganze Reihe von allergischen Reak-
tionen auftrat.

Von einem Tag auf den anderen konnte er zahlreiche Speisen nicht mehr genießen, ohne dass er
starken körperlichen Leiden anheimfiel. Aber es war
nicht der köstlich frittierte Igel, der ihm Ausschlag
am ganzen Körper bescherte, sondern der knusprige

Bierteig drumherum – vielmehr das darin verbackene Mehl. Shampoos mit Ingredienzien, auf die sein Körper ungehalten reagierte, machten ihm fortan ebenso zu schaffen wie der Rauch von Onkel Alberts Pfeife, in der selbstgezogener Tabak mit einer Beimischung von Flechten und Birkenrinde kokelte. Bestimmte Beeren aus dem nahen Wald, die Elmar als Kleinkind kiloweise genascht hatte, verursachten ihm plötzlich ebenso eruptives Erbrechen, wie die Milben im alten Perserteppich heftig juckendes Höllenfeuer über seinen Körper jagten.

Tante Luise und Onkel Albert steckten ihre Köpfe zusammen und berieten, was mit Murkelchen zu tun war, und wie man dem Knäbchen helfen konnte. Sie beschlossen, dass dem Jungen nur eine Radikalkur Besserung bescheren konnte. Eine Art Desensibilisierung mit Pauken und Trompeten.

Kritisch wurde es, wie schon erwähnt, immer dann, wenn die beiden sich zusammentaten, um Elmar aus der Not herauszuhelfen.

Elmar blieb in letzter Sekunde doch noch am Leben. Nach einem qualvoll langen Wochenende voller unterschiedlichster heilpädagogischer Prozeduren fand sich sein verschorfter und verbeulter Körper schließlich im Krankenhaus wieder. Seine tränenden Augen erblickten zwischen den zugequollenen Lidern hindurch die besorgten Gesichter von Onkel und Tante. Sprechen konnte er nicht mit ihnen, weil seine Zunge grünlich und verpickelt den ganzen Mundraum füllte.

Zwei Wochen später wurde er nach Hause entlassen, und war fortan wieder der Obhut seiner beiden Verwandten ausgeliefert. Das war riskant, aber sie hatten offenbar aus ihrem Fehler gelernt. Tante Luise warf mit herzerwärmender Radikaliät alles aus der Küche, was sie bisher beim Kochen verwendet hatte und begann damit, Schritt für Schritt zu testen, was Elmar vertrug oder nicht. Hatte er ein Löffelchen von etwas Neuem probiert, sei es überfahrener Marder oder ein Vögelchen, das gegen die Scheibe geflogen war, dann wurde mindestens vierundzwanzig Stunden lang die Reaktion von Elmars Körper abgewartet. Verfärbte sich etwas oder warf die Haut Wellen, wurde augenblicklich alles dem Mülleimer überantwortet. Blieb es ohne Folgen, wurde die Speisekarte um eine Zeile erweitert. Onkel Albert verbrannte alle Teppiche und verbannte sämtliche Tierpräparate in den Schuppen am Ende des Gartens, zu dem Elmar fortan der Zutritt strengstens verwehrt wurde. Hier werkelte er vor sich hin. Um zu vermeiden, dass er nach getaner Arbeit Haare und Fussel mit ins Haus trug, hantierte er je nach Jahreszeit nackt oder im Lackieranzug. Zudem hatte er sich am ganzen Körper rasiert.

Elmar ging es von Woche zu Woche besser. Im Zuge der Analyse seiner Misere stellte sich nach und nach heraus, dass er sämtliche Allergien der Welt in sich vereinte. Einen großen Teil der Ursachen für die Überreaktionen seines Körpers gelang es ihm fortan zu vermeiden, bei der ein oder anderen Sache halfen ihm Medikamente.

Medikamente, die Tante Luise und Onkel Albert zuerst selbst herzustellen versuchten, die sie aber, kurz bevor es erneut zur Katastrophe kam, dann doch in der Apotheke besorgten.

Nach ein paar Monaten hatte sich Elmars Leben ein-gependelt. Egal ob in der Schule oder zuhause, man wusste um seine Probleme und hielt ihm potenzielle Gefahren buchstäblich vom Leib.

Nun ist aber bekanntermaßen die Pubertät ein Zeit-raum, in dem nicht nur der Leib in Unordnung gerät, sondern auch die Seele. Elmars erste große Liebe hieß Ellen. Warum sie als schönstes Mädchen der Klasse sich ausgerechnet mit einem Hänfling wie ihm verabredete, um das Freibad zu besuchen, ahnte er nicht. Später war er sich sicher, dass sie nach all den Sportlern und wil-den Musikern endlich mal einen Freak wie ihn haben wollte, der allergisch auf das Chlor im Schwimmbecken reagierte und deshalb zum Zusehen gezwungen war, wenn sie geschmeidig ihre Bahnen zog, und der ihr zwar ein Eis ausgeben, aber selbst keines essen konnte, weil ihm sonst mit affenartiger Geschwindigkeit rote, schwärende Pusteln über den ganzen Körper krochen. Es hatte für Ellen vermutlich etwas mit dem Genuss an der Demütigung zu tun. Und doch zog sie ihn irgend-wann ins Gebüsch und begann, ihn zu befingern. Nur eine Viertelstunde später wurde er mit dem Kranken-wagen abgeholt, weil sie ihren Körper zuvor mit Tiroler Nussöl eingerieben hatte. Seine Nussallergie schlug erbarmungslos zu. Elmar brauchte lange, um sich von dem Schock zu erholen. Ungefähr zwei Jahre. Dann lernte er Annette kennen.

Sie war die Tochter eines Heilpraktikers und entspre-chend einfühlsam. Das zarte, weißhäutige Mädchen schien sich wirklich in ihn verliebt zu haben. Die beiden tauschten scheue Küsse aus, bis Elmar feststellen musste, dass sein plötzlich auftretender Haarausfall auf das Metall ihrer Zahnspange zurückzuführen war. Annette zog sich aus lauter Scham zurück, und Elmar widmete sich in seiner Einsamkeit der Pflege seines nachwachsenden Haupthaars.

Schulfreunde scheiterten kläglich bei dem Versuch, ihn mit der drei Jahre älteren Sonja zu verkuppeln, einem Schrank von einem Mädchen, für das sich sonst niemand interessierte, und das feierlich versprach, allem abzuschwören, was ihm gefährlich werden konnte. Sie wechselte zunächst ihr brisantes Deo, verzichtete dann nach mehreren erfolglos verlaufenen Testreihen nahezu komplett auf Körperpflegeprodukte, auf Kleidung mit Polyacryl, auf Kleidung mit Baumwollanteil und auf Kleidung aus Hanf. Irgendwann trug sie nur noch sündhaft teure Klamotten aus einem speziellen Zellstoff. Und stank wie ein Aal. Aber es funktionierte.

So lange, bis sie ihre Lehrstelle in einem Blumenladen antrat und fortan von einer Wolke unterschiedlichster Pollen umschwebt wurde. Damit war das Aus ihrer Beziehung besiegelt, noch bevor es zu irgendwelchen sexuellen Erfahrungen bei Elmar gekommen wäre.

Der Umstand, dass er immer noch vollständig rein und unbefleckt in sein siebzehntes Lebensjahr eintrat, besorgte nicht nur Tante Luise und Onkel Albert sehr. Auch die wenigen Mitschüler, die sich noch mit ihm abgaben, dauerte sein Schicksal. Sie verschafften ihm literarisches Anschauungsmaterial, aber sämtlich Hochglanzmagazine musste Onkel Albert im Garten verfeuern, da Elmar von seiner Offsetdruckfarbenallergie daran gehindert wurde, sie zu studieren. Hypersensibel reagierte er auch auf kleinste Anzeichen von Elektrosmog. Das Anschauen von Videos oder DVDs bescherte ihm tagelangen Durchfall mit der Konsistenz von naturtrübem Apfelsaft. Das war es ihm wirklich nicht wert.

Eben jene Klassenkameraden meinten es eigentlich nur gut, als sie ihm zu seinem Geburtstag eine aufblasbare Liebesgefährtin schenkten. Jeder andere Heranwachsende hätte das als Frechheit betrachtet, doch Elmar zog Onkel und Tante ins Vertrauen, und sie beschlossen, die erste Benutzung der künstlichen Frau mit den steifen Gelenken und den markant ausgeformten Körperöffnungen regelrecht wie ein Rendezvous zu zelebrieren.

»Ach Murkelchen, bring deine Freundin doch mal mit zu uns nach Hause«, sagte Tante Luise zärtlich. Und sie hüllte die junge Frau in ungefährliche Kleidung, und Onkel Albert sagte verschmitzt: »Trinkt was zusammen, Knäbchen, das bringt die Kleine sicher in Stimmung« und mixte zwei laktosefreie, glutenfreie, fruchtsaftlose Cocktails ohne Konservierungsstoffe. Sie saßen zu viert im Wohnzimmer und spielten eine Art Konversation, bis Onkel und Tante irgendwann zu gähnen begannen und versicherten: »Wir sind so müde. Heute gehen wir mal früh ins Bett, ihr Süßen. Macht ihr nachher das Licht aus?«

Elmar tastete sich langsam an seine Partnerin heran, und liebkoste die prallen Brüste, die unter seinen forschenden Fingern munter quietschten. Er half ihr beim Ausziehen und entledigte sich dann selbst seiner Kleider. Es war alles da, wo es sein sollte, wenn er dem Biologieunterricht und den Erzählungen seiner Kumpels Glauben schenken konnte. Es fühlte sich alles etwas massiver und weniger geschmeidig an, als er sich das gedacht hatte, und ...

... plötzlich begannen seine Augen zu tränen. Von einem Moment auf den nächsten rannen wahre Sturzbäche über seine Wangen, seine Lider brannten, als habe jemand Säure darauf geträufelt. Sein Blick trübte sich, alles verschwamm, Dunkle Schatten legten sich über sein Gesichtsfeld. Er schrie, wie er noch nie zuvor geschrien hatte.

Zwei Monate musste er diesmal in der Klinik bleiben, ein halbes Jahr lang durfte er sich nur in abgedunkelten Räumen oder im Schutze der Nacht aufhalten. Die Weichmacher im Kunststoff fügte er als Neuentdeckung des Jahres zu der endlosen Liste hinzu, auf die sein Körper allergisch reagierte.

Während seiner Tage in der Finsternis beschloss er, seinem Leben ein Ende zu bereiten. Der Gedanke, er könne seinen achtzehnten Geburtstag feiern, ohne jemals zuvor eine sexuelle Beziehung zu einem Mädchen gehabt zu haben, bereitete ihm eine namenlose Angst. Und noch bitterer war die Erkenntnis, dass sich auch mit der Volljährigkeit keine Besserung einstellen würde. Er war ein Verdammter, daran bestand kein Zweifel.

Er sprach mit Onkel und Tante darüber, so wie sie über alles immer ganz offen sprachen. Sie hatten Einwände, wussten aber, dass diese eigentlich völlig nutzlos waren.

Elmar würde niemals in seinem Leben glücklich werden. Zumindest nicht mit einer Frau.

Und dann geschah eines Tages das Unglaubliche. Beim Einkauf im Reformhaus bückte sich Elmar nach seinen künstlichen Frühstücksflocken aus gefriergetrocknetem Bambusmehl, die dort standen, wo nie ein Käufer sonst je hingriff. Und seine Hand berührte plötzlich die eines anderen Menschen. Es war ein Mädchen mit Sonnenbrille und straff zurückgekämmtem Haar. Er roch die Allergiecreme, mit der sie ihre Haut eingerieben hatte, er sah die gelblichen Krümel des Sättigungspulvers aus gemahlenen Eichblattkäferlarven, das sein Körper als einziger Vitamin-B-Lieferant akzeptierte, in ihrem Mundwinkel, und er wusste sofort, dass sie eine Leidensgenossin war, wie er sie noch nie zuvor getroffen hatte. »Du auch?«, hauchte er. Und sie nickte fast ängstlich.

»Ich bin Jutta«, sagte sie leise.

Elmar fasste sich ein Herz und sagte kühn: »Darf ich dich zu einem Tellerchen Frühstücksflocken einladen?« Und gleich schickte er hinterher: »Natürlich nicht zum Frühstück ... also nicht nach einer Nacht ... ich meine ... zur Teezeit vielleicht?«

Jutta nickte mit einem scheuen Lächeln. Sie erkannten beide gleichzeitig, dass sie füreinander bestimmt waren. Jutta und Elmar, das konnte was werden.

Jutta arbeitete seit ihrem sechzehnten Lebensjahr in einem Automobilwerk, in der staubfreien Windstrom-Messanlage. Sie wohnte allein in einer spärlich möblierten Etagenwohnung am Stadtrand und sprach einmal leise davon, wie es wohl wäre, als erster Mensch auf den Mond auszuwandern. Auf den Mond, dachte Elmar, das wäre vielleicht doch besser als tot sein. Auf dem Mond mit Jutta, in einer sauerstofflosen Umgebung, ohne Pflanzen und ohne Tiere.

Ein paar Tage später stellte er Jutta seiner Tante und seinem Onkel vor.

Nachdem Tante Luise irgendwann mit zitternden Händen die leeren Tassen vom säure- und nitratarmen Waldrettichaufguss abgeräumt hatte, fand Elmar sie weinend in der Küche. Onkel Albert stand tröstend neben ihr und hielt ihre Hand.

»Was ist mit euch los?«, fragte Elmar angstvoll. »Stimmt etwas nicht?«

Aber seine Tante drehte sich mit tränenverschleiertem Blick zu ihm um und schluchzte: »Wir freuen uns so sehr für Dich, mein Murkelchen.«

Jutta und Elmar, das war ein kranker Leib und eine verletzte Seele, das waren zwei Herzen, die im selben Takt litten. Sie verbrachten jede freie Minute miteinander, sie bummelten abends mit Vorliebe durch leere Einkaufspassagen, sie rieben sich bei drohendem Sonnenschein gegenseitig die Gesichter mit der unvermeidlichen Schlämmkreide-Fischöl-Emulsion ein. Ihr Glück war perfekt. Jutta bereitete Speisen für ihn, die er bedenkenlos genießen konnte, und er erzählte ihr abenteuerliche Geschichten von seinen verstorbenen Eltern, die unterhaltsamer waren als jedes Fernsehprogramm.

Immer wieder ertappte sich Elmar dabei, wie er Jutta betrachtete, wenn sie am Herd stand und kochte, wie ihr Rücken sich hin und her bog, und er verspürte neben dem reinen Herzensglück auch ein ihm bis dahin völlig unbekanntes körperliches Verlangen. Er liebte Jutta so wie er noch nie zuvor einen Menschen geliebt hatte. Mit seiner Seele, mit seinem Innersten – und ja – mit jeder Faser seines kranken Körpers.

Es wurde von Tag zu Tag stärker und verzehrender. Und er glaubte, es auch bei ihr spüren zu können. Bei jedem Blick, den sie ihm schenkte, bei jedem Lächeln, das sich auf ihren blutleeren, dünnen Lippen zeigte. Ja, das waren die Antworten auf all seine nicht gestellten Fragen. Auf alle Wünsche und auf alles Begehren, das sich nur noch um Eines zu drehen schien.

Eines Abends saßen sie in ihrer Wohnung, blickten auf die Dächer der Stadt hinaus, genossen das Abhandensein der quälenden Sonne, tranken Gurkenwasser und lauschten leiser klassischer Musik aus der Nachbarwohnung. Jutta rieb sich mit zitterndem Finger einen Tropfen Saft vom Kinn und sagte schließlich: »Elmar, ich weiß nicht, womit ich das verdient habe. All das mit mir.« Und er spürte, dass sie im Begriff war, ihm ihr Innerstes zu Füßen zu legen. Sie rang um die richtigen Worte, das war offensichtlich. »Ich hätte nie gedacht, dass es auf der ganzen Welt noch jemanden geben könnte, der ein Leben führt, wie ich es zu führen gezwungen bin. Und dann habe ich dich getroffen.« Sie wollte ihn ansehen, hielt aber mit der Bewegung ihres Kopfes inne und betrachtete wieder ihre ineinander verschränkten Finger.

»Du wirst bald achtzehn, hast du mir erzählt«, fuhr sie flüsternd fort. »Das ist wie ein Zeichen, glaube es mir. Ich möchte dir etwas zu deinem Geburtstag schenken, wie es passender nicht sein könnte. Es ist ein Wunder, denn dieser Samstag in der nächsten Woche ist vorherbestimmt. Er wurde mir in die Wiege gelegt, da bin ich mir mittlerweile sicher. Ich bereite mich auf diesen Tag vor, seit ich auf der Welt bin.«

Elmars Herz schlug schneller, begann zu stolpern, galoppierte schließlich wild voran. Er schrie Ja!, ohne den Mund zu öffnen, er vollführte Freudensprünge, ohne auf den Füßen zu stehen. Es würde geschehen!

»Ich werde genau an diesem Tag ins Kloster zum Heiligen Herzen Jesu eintreten. Rein und unbefleckt. Und ich habe vorher die Gnade empfangen, dich kennengelernt zu haben. Wir müssen Geschwister sein, Elmar. Geschwister im Schmerz.«

Und jetzt wandte sie ihm ihr Gesicht zu und lächelte beseelt.

Elmar wusste nicht, wie seine Hände an ihren weißen Hals fanden. Sie führten wahrscheinlich ebenso ein Eigenleben wie der Rest seines verfluchten Körpers. Nie zuvor hatten sie so etwas getan, und doch verrichteten sie ihre Arbeit, als sei es das Selbstverständlichste auf der Welt. Sie griffen um das kalte Fleisch, sie krampften sich zusammen und ließen nicht locker. Er spürte, wie unmerklich etwas unter der Oberfläche knackte, wie Luft weggepresst wurde. Die Musik im Hintergrund feuerte ihn an, steigerte sich zu einem furiosen Finale und verebbte erst, als Juttas lebloser Körper von der sterilen Stahl-Sitzbank glitt.

Elmar war erst Stunden später wieder zu Bewusstsein gelangt, als der Mond zum Fenster hereinschien und die Stadt ihre künstlichen Lichter größtenteils gelöscht hatte. Dann hatte er zum Telefon gegriffen.

Tante Luise und Onkel Albert erzählten ihm nicht, was sie getan hatten, nachdem sie ihn abgeholt hatten. Juttas Leiche verschwand. Mit so etwas hatte sein Onkel Erfahrung. Alles was Elmar über ihre Erledigungen erfuhr, war, dass er sich nie wieder in der Nähe von Juttas Wohnung blicken lassen durfte, wenn er nicht Gefahr laufen wollte, für das, was er getan hatte, verantwortlich gemacht zu werden.

Aber wollte er das nicht? Verantwortlich gemacht werden? Eingesperrt werden? Weggesperrt? Besser noch erschossen? Wollte er nicht endlich weg sein? Aus seinem eigenen Leben verschwinden? Durchs Weltall gleiten? Schwerelos, schmerzlos? Wenn nicht mit Jutta, dann ohne sie?

An seinem achtzehnten Geburtstag weckte ihn seine Tante mit einem zärtlichen Kuss auf die Stirn. Sie benutzte eine Zahnpasta, die er vertrug.

Sie nahm ihn bei der Hand und führte ihn durch die engen Flure des Hauses, bis sie vor ihrer eigenen Schlafzimmertür angelangt waren, wo bereits sein Onkel wartete. Sein Gesicht glühte vor freudiger Erwartung, und gemeinsam sangen sie ihm ein Geburtstagsständchen. Tante Luise öffnete langsam die Tür, und Onkel Albert sagte heiser: »Es hat mich einige Tage Arbeit gekostet.«

Das Schlafzimmer hatten sie in ein Meer aus Lichtern verwandelt. Paraffinfreie Kerzen aus Seehundtran selbstverständlich. Sie warfen ihren tanzenden gelben

Schein auf die Wände, an die Decke und zu dem Bett hin, auf das Tante Luise die Allergikerbettwäsche aufgezogen hatte.

Was er dort entdeckte, ließ Eis durch seine Blutbahn kriechen, es lähmte seine Bewegungen und schien ihm jeden halbwegs vernünftigen Gedanken aus dem Hirn zu ätzen. Juttas Körper steckte in einem weißen Nachthemd. Ihre Haut war von einer gelblichen Tönung, hier und da verriet eine kleine Beule auf der Stirn oder am Hals die Unebenheiten des Futtermaterials. Sie hatte die blassen Lippen ein wenig geöffnet, und der Blick ihrer Augen war starr zur Decke gerichtet. Die Farbe ihrer gläsernen Pupillen war beinahe genau dieselbe, die sie noch vor ein paar Tagen gehabt hatte, als Elmar sie zum letzten Mal berührt hatte.

Nix passiert

Da hat wohl jemand ungeschickt hantiert,
Denk ich und steh da wie paralysiert.
Ein Pflasterstein, ganz hoch katapultiert,
Hat neben mir mein Auto demoliert.

Jüngst wurd ein Mann im Parkhaus massakriert.
Man hat ihn mit dem Messer perforiert.
Sein Mantel war, wie meiner, grün kariert,
Und fast genau wie ich war er frisiert.

Am Samstag an der Ampel stehen wir zu viert,
Als neben mir ein Rentner kollabiert.
Da seh ich, dass ein Loch die Stirne ziert.
Man hat ihn aus der Ferne anvisiert.

Vorgestern hätt' es mich fast pulverisiert.
Im Nachbarbüro ist was explodiert.
Das Päckchen war an mich zwar adressiert,
Doch wurd's ins falsche Postfach einsortiert.

Seit Stunden hat mein Weib mich angestiert
Und zwinkernd ihre Blicke fokussiert,
Weil sie sich mit der Sehhilfe geniert.
Sie nippt am Tee, den sie doch mir serviert.

Sie läuft blau an und eh ich reagiert,
Kippt sie vom Sofa und ist elendig krepiert.
Erst jetzt begreif ich und denk amüsiert:
Mit Brille wär all das ihr nicht passiert!

Eifeler Eifersucht

Im »Gasthof zur Alten Post« war Feierabend. Lotte hatte begonnen, die leeren Flaschen in den Keller zu tragen, und Juppes und der alte Päul, sein Kollege vom Bauhof, saßen an der Theke und sahen ihr dabei ungerührt zu, während sie an ihrem letzten Bier herumschlürften.

»Ich hätt ja noch so'n bisschen Hunger«, murmelte Päul, der bekannt dafür war, dass er seinen Magen auf Kommando knurren lassen und trotz seines ausgemergelten Aussehens auch schon mal zwei Stunden Schnitzel am Stück essen konnte.

»Ich auch.« Juppes, der sich gerade in der Betrachtung von Lottes ausladendem Hinterteil zu verlieren drohte, nickte nur knapp. »Aber nur so'n kleines Hüngerchen«, sagte er mit tiefem Brummbass.

Lotte wuchtete ächzend drei Limonadenkisten aufeinander, drehte sich zu ihnen um und pustete sich eine Strähne aus der verschwitzten Stirn. »Ich hab aber nur noch kalten Braten«, sagte sie und stemmte die Hände in die Seiten.

Um Päuls Mundwinkel herum zuckte es vor freudiger Erregung. »Würd' ich schon nehmen. Aber nur, wenn es dir keine Umstände macht.«

»Doch, doch«, wandte Juppes ein. »Auch ruhig wenn es dir Umstände macht.« Er grinste schelmisch.

Lotte stellte zwei Teller auf die Theke, und Päul fragte: »Und du nix?«

Sie schüttelte den Kopf. »Ich mach gerade ne Roh-kost-Diät.«

Päul lachte meckernd. »Hab ich auch mal gemacht. Ich wusste aber nie, ob ich die Rohkost vor oder nach der Mahlzeit essen soll.«

Kopfschüttelnd verschwand Lotte in der Küche und kehrte kurz darauf mit einer üppig beladenen Bratenplatte und einem Schüsselchen voll fettglänzender Remoulade zurück.

»Da gibt es doch diese Diät …«, sinnierte Päul, »bei der man alles essen kann. Man darf nur nix runterschlucken. Wär das nix für dich?«

Juppes rieb sich derweil über das Stoppelkinn und sagte nachdenklich: »Bei Rinderbraten muss ich immer an Dures und Klöös denken. Und an den Mord aus Eifersucht.«

»Dures und Klöös?« Lotte begann, die Zapfanlage zu polieren. »Wer war das noch mal?«

»Theodor und Klaus, die Zwillinge vom Doeppes-hof«, erklärte Päul und stach ungeduldig mit der Gabel in die Bratenscheiben. »Der eine hat gehinkt, der andere gestottert.«

»Der Dures hinkte, weil er als Kind auf dem Karussell unter das Feuerwehrauto gekommen ist, und der Klöös, der hat deswegen 'nen Schock gekriegt und seitdem gestottert wie ein alter Dieselmotor. Die zwei hatten in den Siebzigern den Hof von ihren Eltern übernommen. Beides Junggesellen, schon immer. Also so Auslaufmodelle, alle beide. Die waren auch ziemlich hässlich.« Während sich Juppes Remoulade auf den Teller löffelte, arbeitete sein Gehirn auf Hochtouren. Er versuchte, die Geschichte wieder zusammenzubekommen, das erkannte Lotte genau. Sie liebte seine Erzählungen. Sie liebte eigentlich den ganzen Juppes. Und das würde sie ihm nachher auch zeigen, wenn sie ihn, wie üblich, bei sich übernachten ließ.

»Die hatten etwa dreißig Milchkühe. Und einen Hans.«

»Hans?«, fragte Päul schmatzend.

»Der Bulle, der auf die Kühe aufpasst. Der hieß immer Hans. Und wenn der nach ein paar Jahren zu jeckig wurde, also wenn der anfing, auf die Wanderer loszugehen, die der Weide zu nahe kamen, dann kam immer ein neuer. Und der hieß dann auch wieder Hans.

Dures und Klöös hatten also Rinder. Die hatten auch alle schöne Namen. Alitze, Schennifer, Nikoll ... Eine hieß, glaube ich sogar, Lotte.« Er grinste frech, aber Lotte ließ sich durch seine Unverschämtheiten nicht beirren und polierte am Zapfhahn herum.

»Und eine von den Kühen hieß Anita. So wie die Anita Ekberg, die schwedische Schauspielerin mit den großen ... also mit dem großen Talent, die letztens gestorben ist. Da waren die zwei Brüder richtige Fans von. Die kannten die aus dem Kino.«

»Aus dem spanischen Film da«, warf Päul ein.

»Italienisch«, korrigierte Juppes.

»Casablanca, oder?«

»La Dolce Vita.«

»Ah, mit dem Mascarpone?«

»Mastroianni.«

»Ja, stimmt.«

Juppes fuhr ungeduldig fort. »Na, also die Anita, die hatte auch so ein besonders schönes Euter. So'n Apparillo.« Seine Hände formten etwas Formlos-unanständiges, und Lotte schnalzte missbilligend mit der Zunge.

»Das war aber so! Das war ein richtiges Gemälde von einem Euter. Und auch schöne Augen hatte die. Da waren sich die Zwillinge einig.«

»Eigentlich eineiig einig«, meinte Päul.

»Und so war das gar nicht verwunderlich, dass eines Tages ein Fotograf aus Berlin auf dem Hof auftauchte, dem das schöne Tier zufällig auf der Weide aufgefallen war. Und der fragte, ob er ein paar Fotos von der Anita machen dürfte. Zuerst haben der Dures und der Klöös sich gesträubt. Die hatten wohl Sorge, dass da irgendwelche Sauereien bei rauskamen.«

»Schweinkram bei 'ner Kuh. Die haben doch 'nen Vogel«, kicherte Lotte.

»Aber der Tierfotograf hat die beruhigt und hat denen schöne Bilder von Pferdchen und Hündchen und Kätzchen gezeigt. Alle total züchtig und im Fell … also ganz angezogen, und da meinten die zwei, da wär ja nix gegen zu sagen. Und in diesem Internetz, da waren sie sich einig, da sollte die nicht gezeigt werden. Da wüsste man ja nicht, was wer damit alles so macht und so.

Dann hat der Berliner also die Anita fotografiert. Mit Beleuchtung und Dekoration und allem Gedöns. Eins von den Fotos ist dann später auch im Kalender von der Raiffeisenkasse drin gewesen und sogar auf der Titelseite vom Ferienkatalog.

Der Dures, dem ließ das irgendwie keine Ruhe. Während der Klöös die Anita am liebsten gar nicht groß rumzeigen wollte, war sein Bruder so stolz auf das schöne Tier, dass der anfing, sich Gedanken darüber zu machen, wie die Anita ganz groß rauskommen könnte. Und dann kam die Sache mit dem Kuhfriseur.«

»Kuhfriseur?« Lotte konnte nicht glauben, was sie hörte. »Etwa mit Lockenwickler und Festiger und so?«

»Genau. Der Dures hat den Tierarzt bei seinem nächsten Besuch nämlich gefragt, wer denn so was kann. Also Haare schneiden, färben, Achselhaare rasieren und so Sachen. Und der Doktor, der hat tatsächlich einen gekannt. Aus Belgien. Und als der Dures den angerufen hat, kam der aus den Ardennen hier rübergefahren und hat erst mal bei der Kuh eine Typberatung gemacht. Die Anita, so hat der gesagt, die wär zwar äußerlich eine schöne Rotbunte Holsteiner, aber die wär eigentlich ein ungeschliffenes Juwel, tief in ihr drin wär sie nämlich eigentlich eine schön edle Schwarze. Zuerst haben sie das nur mal mit 'ner Tönung ausprobiert. Nur mal so zum Gucken. Mann, was ist der um seine Kuh rumgelaufen der Dures. Und der musste ja immer so große Kreise gehen, weil der mit seinem steifen Bein nicht so 'nen kleinen Zirkel schlagen konnte. Der ist dann mit der Anita auch schon mal durchs Dorf gelaufen, weil er hören wollte, ob das denn nach was aussah. Dauernd spazierte der mit der Anita durch die Gegend. Bei der Post hat er sie draußen angebunden, nach der Messe, morgens, mittags, abends …«

Päul grunzte vergnügt. »Wer humpelt so spät durch Nacht und Wind? Es ist der Dures mit seinem Rind.«

»Und was hat der Klöös dazu gesagt?«

»Oh, oh, oh«, sagte Juppes mit Grabesstimme und breitete dramatisch die Hände aus. »Da fing der ganze Knatsch eigentlich erst richtig an. Dem Klöös, dem gefiel das mit dem Schwarz nämlich überhaupt nicht. Und zwar nicht nur, weil die anderen Kühe ganz schwarze Zungen kriegten, wenn sie der Anita am Fell rumgeleckt hatten. Der war heilfroh, als der erste Platzregen alles wieder runtergewaschen hatte. Jedenfalls hat der Klöös seinem Bruder das verboten, das mit dem Färben. Da haben die zwei sich mehr als einmal wegen geprügelt. Mit Mistgabeln und Melkschemel sind die dauernd aufeinander los. ›Für d-d-dich ist die ja d-d-d-och nur ein Lu-Lu-Lustobjekt!‹, hat der eine gestottert, und ›Du fummelst der Anita mit deinen knüsseligen Fingern nicht mehr an den Zitzen rum!‹, der andere.

Und dann waren der Dures und die Anita eines Tages weg. Wie vom Erdboden verschluckt. Frühmorgens hat der Pitter, der die Zeitung austrägt, noch den alten roten Benz gesehen, wie er mit dem Viehanhänger aus dem Dorf raus gefahren ist. In Richtung Belgien.«

Lotte sagte: »Das weiß ich noch gut. Da hing der Klöös doch dann jeden Abend hier an der Theke und hat sich ins Koma gesoffen.«

»Oh ja, der war ganz krank vor Kummer. Da brauchte nur einer Muh zu machen, dann fing der an zu heulen. Weißt du noch, wie die immer alle Milch bestellt haben, um den zu zwiebeln? Und irgendwer hat an der Musikbox dauernd ›Anita‹ von Costa Cordalis gedrückt. Da ist der bald wahnsinnig geworden. Fast 'ne ganze Woche ging das so.

Aber dann kam der Dures mit der Anita ja plötzlich wieder nach Hause. Und was soll ich sagen? Die braunen Flecken waren natürlich akkurat schwarz gefärbt. Nee, nee, halt, die wären nicht einfach nur schwarz gefärbt, hat der Dures uns stolz erklärt, sondern das wär eine *Dip-Dye Brilliance Intensic Schaumcoloration* mit der Nuance *Bleue-Noir* und *Glossy Silk Effekt*. Und einen Permanent-Lidstrich hat der belgische Frisörschwengel dem Tier auch noch verpasst.«

»Besser schwarz als lila, wie bei der armen Milkakuh«, konstatierte Päul.

»Aber auf Schwarz siehst du ja alles«, murmelte Lotte und zupfte an ihrer Bluse herum.

Juppes schrubbte mit dem letzten Bröckchen Rindfleisch die Remoulade vom Teller, kaute genüsslich, spülte dann einen Schluck Bier hinterher und fuhr fort: »Der Klöös, der war zwar im ersten Moment überglücklich, weil die Anita doch endlich wieder zuhause war, aber mit dem Saufen hat der trotzdem nicht aufgehört. Der hat nur noch gebrabbelt, dass das nicht mehr seine Anita wäre. Sein Bruder, der würde die total verderben. Er hätte außerdem den Verdacht, dass der da in Belgien auch was an den Lippen und am Euter hätte machen lassen. Das käm ihm alles auf einmal viel praller vor. So künstlich, gar nicht mehr gefühlsecht. Sein Bruder, das wär ein skrupelloser Drecksack. Dem würd er irgendwann mit der Flinte ein Loch in den Kopf ballern. Und dann ging der immer nach Hause und fing wieder eine Prügelei mit dem Dures an.

Als nächstes kriegte die Kuh dann Rastalocken in die Schwanzhaare geflochten und die Zähne geweißt. Der

Dures hat im Internet zig Tuben Spezial-Raucherzahn-pasta gekauft. Dann fing er irgendwann an, hier abends an der Theke mit nem Piercing-Katalog rumzufuchteln. Da war aber dann beim Klöös endgültig Zappendus-ter. Da ist der Klöös ihm dann vor allen Leuten an die Gurgel gegangen. ›Ich b-b-b-bring dich u-u-um‹, hat der gebrüllt. Wir haben die kaum auseinander gekriegt, die Zwei.«

Lotte zündete sich eine Zigarette an und legte den Kopf schief. »Stimmt, ich erinnere mich. Danach hat der Dures doch dann angefangen, die Anita auf die Miss-Wahl in Oldenburg vorzubereiten, stimmt's?«

»Der hat immer so Übungen mit der gemacht«, erin-nerte sich Päul. »Bauch, Beine, Po.«

»Stimmt. Der hat mit der auch auf der Weide das Schaulaufen trainiert und wollte der beibringen, dass sie schön die Hüften wiegt. Starke Beine, breites Becken, praller Bauch, darauf käm' es bei einer Glamour-Kuh an, hat er allen erklärt. Ich hör noch die Kommandos. Wie der Bruce bei *Germanys Next Top Model* hat der da rumgeblökt: ›Let yourself go! Du bist eine tolle Mäd-schen. Du hast es drin! Du hast es drin! Drama, Baby, Drama!‹«

»Ja, hör mal, apropos Drama: Mord aus Eifersucht. Was ist denn jetzt eigentlich damit?«, fragte Lotte. »So fing deine Geschichte doch an.«

»Oh ja, Mord aus Eifersucht! In der Tat! Eines Mor-gens lag der Dures nämlich dann mitten auf der Weide. Mausetot. Der hatte buchstäblich sämtliche zweihun-dertzwölf Knochen im Leib gebrochen. Alle mindestens dreimal.« Aus den Augenwinkeln heraus beobachtete er, wie Päul begann, an seinen Fingern abzuzählen. »Das war der blanke Hass. Da hatte einer völlig die Kontrolle verloren, das konnte man deutlich erkennen. Der war so zertrümmert … als sie den in den Zinksarg gelegt haben, war der trotz der Totenstarre noch so schlabberig wie ein alter Schlafanzug.«

»Hat der Klöös den mit dem Dreschflegel bearbeitet?«, vermutete Lotte.

»Ist wahrscheinlich mit der Egge drüber gefahren?«, nahm Päul an.

Juppes guckte die beiden überrascht an. »Der Klöös? Wieso der Klöös?«

»Na, Eifersucht«, erinnerte ihn Lotte. »Hast du doch selbst gesagt.«

»Ja klar, stimmt schon, krankhafte Eifersucht treibt ja manch einen zu Taten an, die man dem bei klarem Kopf nie im Leben zutrauen würde. Und der Klöös, der war eifersüchtig. Und wie! Aber noch viel eifersüchtiger als der Klöös war der große, schwere Bulle Hans. Heißblütig und brutal hat er dem Dures, der immer an seiner Anita rumgefummelt hat, den Garaus gemacht. Das hat der sich monatelang angeguckt, und dann hat er plötzlich in der Morgenfrühe zugeschlagen. Weiß der Himmel, wie das kommen konnte, dass das Stalltor nicht richtig zu war, und dass die Kette vom Hans irgendwie nicht richtig fest gewesen war, als der Dures an dem Morgen raus auf die Weide gegangen ist. Man könnte natürlich annehmen, dass da vielleicht einer dran rumgefummelt hat, aber so was kann man natürlich nicht beweisen.«

Juppes unterdrückte einen Rülpser und gähnte dann herzhaft. »So, jetzt geht es aber in die Heia.«

Lottes Äuglein glänzten erwartungsvoll.

Päul reichte ihr die leeren Teller hinter die Theke. »Danke dir, das war wirklich lecker, Mädchen. Richtig schön zart. Wo haste denn das Fleisch her?«

»Direkt vom Doeppeshof.«

»Hm, wahrscheinlich der Hans«, murmelte Juppes, »Todesurteil vollstreckt.«, und Päul faltete still die Hände zum Gebet.

Der fiese Möpp

Das Geschäft mit Frau Froelinghaus würde ihn retten. Mit jedem Kilometer, den Funke sich seinem Ziel näherte, sagte er diesen Satz auf wie ein Mantra. Seit Tagen konnte er an nichts anderes denken. Frau Froelinghaus war seine Rettung. Beim Tanken in Walsdorf fiel sein Blick auf die Imbissbude auf der anderen Straßenseite. Er guckte auf sein Handy: 17 Uhr 36. Hatte er noch Zeit für eine Currywurst? Eigentlich nicht. Funke hatte sich angewöhnt, die Uhrzeit vom Handy abzulesen, da er ohnehin alle paar Minuten nach neuen E-Mails, SMS oder Nachrichten über den facebook-Messenger guckte. Sein Hunger war einfach zu groß. Er schloss den Tankdeckel, bezahlte und fuhr hinüber zum Imbiss. Wann hatte er die letzte warme Mahlzeit zu sich genommen? Egal.

Er betrat den Pavillon aus Holz und Plexiglas, den man offenbar in mehreren Bauabschnitten an den ursprünglichen Imbisswagen drangezimmert hatte. Der fettige Geruch ließ seinen Magen geradezu fordernd aufgurgeln.

Sein Handy meldete sich. Für einen kurzen Moment baute sich schwach ein Funknetz auf, und die verpassten Anrufe und die nicht zugestellten Nachrichten der vergangenen halben Stunde wurden angezeigt. Frau Froelinghaus. Viermal allein Frau Froelinghaus! Kaum zu glauben. Sie nervte, aber das konnte er ausblenden.

Er bestellte eine Currywurst, überlegte kurz, ob er Mayo auf die Pommes haben wollte, entschied dann, dass er für Pommes gar keine Zeit hatte, und postierte sich mit seiner Wurst und einer Dose Cola an einem der Stehtische.

Frau Froelinghaus war eine Kundin, die seine ganze Aufmerksamkeit forderte. Das taten eigentlich fast alle, aber allein Frau Froelinghaus hatte den Schlüssel zu seinem, zu Funkes Glück. Heute Abend, da war er sich sicher, da würde er endlich das Ding für Frau Froelinghaus eintüten. Und dann würde er mithilfe der satten Provision einen Teil seiner Schulden tilgen und mit dem Rest erst mal einen langen, gemütlichen Urlaub machen.

Draußen fuhren gleichzeitig ein Sprudellaster und der Kleinbus einer Heizungsbaufirma aus Gerolstein vor. Laut palavernd kamen die beiden Fahrer herein und warfen sich an die hölzerne Verkaufstheke.

Während Funke die neu eingegangenen E-Mails prüfte, entspann sich im Hintergrund eine lautstarke Unterhaltung mit der Frittenfrau. Funkes Finger wischten über das Display des Mobiltelefons. Gerolstein, Dachgeschosswohnung, verkauft. Einfamilienhaus in Duppach, zwei neue Interessenten. Doppelhaushälfte in Prüm, Notartermin abgesagt. Abgesagt? So eine verfluchte Scheiße! Das ging ihm alles dermaßen auf die Nerven. Seit dreiundzwanzig Jahren war er jetzt selbstständig als Immobilienmakler, und er merkte seit einiger Zeit, dass er immer dünnhäutiger wurde. Die Kunden wurden schwieriger und anstrengender. Sowohl die Verkäufer als auch die Käufer. Früher waren es die Kölner gewesen, die jede noch so runtergekommene

Bruchbude kauften und aufmöbelten, um eine Bleibe in der Nähe der Jagd oder des Golfplatzes zu haben, oder um einfach nur mit den anderen Städtern am Wochenende im Naturidyll die Sau rauszulassen. Heute waren es die Holländer, die keinen Platz mehr im eigenen Land fanden, und die langsam Angst bekamen, dass ihnen demnächst irgenwann die Deiche um die Ohren flogen, und dass sie die Nordsee im Schlafzimmer hatten.

Frau Froelinghaus, die Sache würde was bringen. Frau Froelinghaus war bekloppt, aber sie wusste, was sie wollte. Und sie würde eine horrende Summe bezahlen, um es zu kriegen.

»Dat is en fieser Möpp!«, röhrte der dicke Sprudellasterfahrer. »Der hat meinen Hund verjiftet!«

Funke horchte auf. Da war Wut im Spiel. Die Wirtin und ihre Gäste waren sich offenbar einig in dem, was sie da bei einem Dosenbier erörterten.

»Echt, den Hund? Die Sändie? Dat war doch so ein liebes Tier!«

»Verjiftet. Nur weil ich den ab und zu mal frei rumlaufen lasse.« Mit einer wilden Geste schüttete sich der Mann das restliche Bier in den Rachen und rülpste dann mehr, als er sprach: »Den schnapp ich mir irjendwann, wenn keiner dabei is!«

»Der ruft dauernd meine Frau an und brüllt die an, dass sie mit dem Bäckerwagen nicht so 'nen Krach machen soll.«

»Krach? Mit dem Bäckerwagen?«

»Ja, die muss doch immer die Klingel anmachen. Drrring … Drrring … Drrring … Dass die Leute auch hören, dass der Bäckerwagen da ist. Und da ruft der Typ neuerdings jede Woche bei uns an und motzt meine Frau an. Richtig mit Schimpfwörtern und so. Der müsste mal anrufen, wenn ich drangehe.«

»So ein Arschloch. Bei uns in Zilsdorf hat der letztens in voller Fahrt einen vollen Müllbeutel einfach aus dem Auto rausgeworfen. Mitten in den Vorgarten vom Driesch Ferdi. Der hat das Auto genau erkannt.« Die Frittenfrau schüttelte mit verkniffenen Mundwinkeln den Kopf. »Da kannst du fragen, wen du willst. Da brauchst du nur den Namen Kroschek zu sagen, da wissen alle Bescheid.«

Der Sprudelfahrer riss die zweite Bierdose auf. »En richtich fieser, fieser Möpp is dat.«

Kroschek? Funke blickte von seinem Handy auf, und ihm entfuhren unwillkürlich die Worte: »Etwa Oswald Kroschek?«

Die drei starrten ihn an. Die Frittenfrau nickte schließlich. »Haben Sie auch schon von dem gehört?«

Funke räusperte sich verlegen. Eigentlich sprach er nicht mit Fremden über seine Geschäfte. Und eigentlich hatte er keine Zeit. »Sie meinen Oswald Kroschek? Den von der alten Hutfabrik?«

»Der fiese Möpp«, raunzte der Lastwagenfahrer, und der Heizungsbauer ergänzte: »Können Sie jeden hier fragen.«

»Ich bin gerade auf dem Weg zu ihm«, erklärte Funke. »Das klingt ja nicht gerade ermutigend, was ich da mitbekommen habe.«

Der Heizungsbauer kam zu ihm herübergeschlendert. »Wissen Sie, das ist der Arsch, der vor ein paar Jahren diesen alten Kasten gekauft hat. Die Hutfabrik da oben am Waldrand hinter Zilsdorf.«

Funke kannte das Gebäude nur zu gut. Er hatte Grundrisszeichnungen, Lagepläne, Katasterauszüge. Er hatte eine Kundin, die sich in das große, leicht in die Jahre gekommene Anwesen richtiggehend verliebt hatte: Frau Froelinghaus.

»Was wollen Sie denn von dem?«

»Etwas Geschäftliches«, sagte Funke ausweichend und warf sein Pappschälchen in den Mülleimer.

»Geschäftlich«, grunzte der Sprudelfahrer. »Die Geschäfte vom Kroschek kennt man ja. Für den arbeitet hier im Umkreis von fünzig Kilometern keiner mehr. Mein Schwager schafft beim Stolz. Da hat dat Arschloch nen Laster Lava für den Vorplatz bestellt. Der Mike hat abgekippt, und da ruft der Typ doch tatsächlich am nächsten Tag an und sagt, er hätte grade erst Splitt vom Wotan jekriegt, er bräuchte jar keine Lava. Dat is vors Jericht jejangen, und ratet mal, wer jewonnen hat.«

Der Heizungsbauer drehte sich eine Zigarette und wedelte den stummen Einwand der Frittenfrau beiseite, die auf das Rauchverbotsschild hinwies. »Ein Querulant ist das. Keine Woche vergeht, in der der nicht irgendwen bei der Polizei anscheißt. Wegen irgendwelchen Kleinigkeiten. Laub verbrennen und Rasenmähen während der Mittagsruhe und so Sachen. Das sind die Zugezogenen, die wir so richtig gern haben. Denen müsste man ...«

Funke kannte solche Leute. Er hatte genug von ihnen in der Kundschaft. Manchen sah man schon beim ersten Besichtigungstermin an, dass sie unweigerlich am

Leben in der Eifel scheitern würden. Denen war es zu laut, zu weit, zu eng, zu kalt, zu warm ... zu, zu, zu.

»Hört sich nach einem reizenden Zeitgenossen an«, sagte Funke säuerlich lächelnd. »Sie haben mich wirklich neugierig gemacht.« Er hatte bereits die Hand auf dem Türgriff, als die Frittenfrau fragte: »Und was für ein Geschäft ist das?«

»Ich habe einen Kunden, der unbedingt die alte Hutfabrik kaufen will.«

Von einer Sekunde auf die andere veränderten sich die drei Gesichter. Überraschung, Hoffnung und Skepsis wechselten einander ab.

Funke nickte zum Abschied und verließ die Imbissbude.

Der Toyota machte beim Starten ein rasselndes Geräusch, das Autos nicht machen sollten. Nun, den würde er auch ersetzen, wenn alles klappte. Und es würde klappen.

Er fuhr nach Zilsdorf, bog dann in Richtung Betteldorf ab und orientierte sich am Ortsausgang bei den drei seit Ewigkeiten stillstehenden Windrädern links. Vor dem Schild, das unmissverständlich verkündete: »Durchfahrt strengstens verboten! Privatbesitz!«, parkte ein gelber Seat. Gleich daneben sammelte eine junge Frau auf der Wiese Löwenzahn.

Funke bremste und fuhr die Scheibe runter. »Karnickel?«, fragte er.

Sie nickte und kam auf ihn zu. Der Wind wehte ihr immer wieder Haarsträhnen ins Gesicht.

»Sie sollten da nicht reinfahren«, sagte sie.

»Wieso nicht?« Dabei wusste er es doch schon.

»Das gibt gleich eine Anzeige. Vor zwei Wochen habe ich ein Stück weiter da hinten geparkt. Ich habe Pilze gesammelt. Im Wald. Da war Platz genug, um durchzukommen. Jede Menge. Als ich zum Auto zurückkam, hatte ich einen Zettel unter dem Scheibenwischer: Privatbesitz. Und, was glauben Sie – der hat mir den Scheinwerfer zertrümmert. So ein Irrer.«

»Oswald Kroschek?«

»Genau. Sagen Sie bloß, das ist ein Freund von Ihnen.«

Er schüttelte den Kopf. »Nein, nein. Kundschaft.«

Ein Trecker hielt an der Straße. Über das Geknatter ertönte die Stimme des vierschrötigen Bauern: »Will der zum Kroschek?«

Die junge Frau nickte heftig.

»Der kann ihm sagen, dass ich auch gleich komme, wenn ich den Hänger abgeladen hab. Die Sau hat einfach den alten Schuppen abgefackelt.«

»Echt? Warum?"

»Stand angeblich auf seinem Grundstück. Da steht der aber schon seit vierzig Jahren oder noch länger.«

Funke reckte den Kopf aus dem Fenster und verrenkte den Hals, um den Bauern sehen zu können.

Der Mann saß auf seinem Trecker wie ein fetter Südseekönig auf einem bizarren Thron aus Metall. Er reckte eine Flinte empor. »Das hier wird er verstehen. Sagen Sie ihm das! Ich brauche noch 'ne halbe Stunde, dann knöpfe ich mir die Sau persönlich vor!«

Mit einem empörten Röhren setzte sich der Trecker wieder in Bewegung und verschwand hinter der nächsten Wegkehre.

»Seien Sie vorsichtig«, sagte die junge Frau sanft und beugte sich zu Funke hinunter. Sie duftete nach Heu und Kamille. »Der ist gewalttätig.«

»Der Bauer?«

»Nein, Kroschek. Vor vier Wochen hat er unten im Dorf am Straßenrand mit seinem Volvo einfach das Wägelchen platt gefahren, mit dem mein Neffe den Wochenspiegel austrägt. Er hat geschrien, dass er den Scheiß nicht in seinem Briefkasten haben will.«

Funke schluckte schwer und lächelte sie schwach an. »Ich passe auf.«

Dann fuhr er weiter.

Sein Handy klingelte. Umständlich kramte er es aus der Hosentasche, während er seinen Wagen in den Wald hinein lenkte.

»Frau Froelinghaus? Ja, ich bin gerade auf dem Weg zum Objekt. Hören Sie, ich kann Sie kaum verstehen ... Hallo?« Die Verbindung brach ab.

Sie träumte davon, die alte Hutfabrik in ein spirituelles Zentrum zu verwandeln. Stundenlang hatte sie ihm ihre Pläne unterbreitet, hatte alles in schillernden Farben ausgemalt, geschwärmt, gesäuselt, gesummt, und er hatte nur gedacht: Völlig bescheuert, aber Gott sei Dank stinkreich. Nach ihrer Scheidung von dem bekannten Düsseldorfer Medienmanager war sie bestens versorgt und konnte nun ihren esoterischen Spinnereien völlig freien Lauf lassen.

Ein paar Verbotsschilder weiter tauchte das Anwesen auf. Ein riesiger alter Kasten mit einem Haupthaus und zwei Seitentrakten, erbaut in den Dreißigern. Ein bisschen Sandstein, ein bisschen Fachwerk, irgendwas zwischen Heimatschutzstil und neuer Sachlichkeit. Roch schon ein bisschen nach Nazizeit. Ob das das Richtige war, um bei Räucherstäbchenduft in seiner inneren Mitte rumzupuhlen? Ihm konnte es egal sein. Jedenfalls war es abgeschieden genug. Für vergeistigte Reikiheinis oder für bösartige Großgrundbesitzer.

Als Funke mit der Aktenmappe unter dem Arm auf das hölzerne Portal zuging, hatte er das Gefühl unter Beobachtung zu stehen. Irgendwo da drin war er. Der, den sie den »Fiesen Möpp« nannten. Der, über den jeder eine Gemeinheit zu erzählen wusste. Der, den sie alle in der Umgegend als brutalen, skrupellosen Choleriker kannten, mit dem man sich besser nicht anlegte.

Oswald Kroschek, das klang schon gewalttätig.

Funke hatte schon sehr früh gewusst, dass er sich bei diesem Deal etwas einfallen lassen musste, dass er hier mit den üblichen Tricks nicht weiter kam.

Das hier war gefährlich.

Es gab keine Klingel. Er musste mehrfach laut klopfen, und es verstrich eine geraume Zeit, bevor sich irgendwann im Inneren etwas tat.

Funke spürte, wie eine Gänsehaut über seinen Nacken kroch.

Er hörte, wie Schlüssel gedreht und Riegel zur Seite geschoben wurden.

Dann drehte sich der Türknauf, und Funke krampfte die Hände um seine Aktenmappe.

Die Tür öffnete sich einen Spalt, begleitet von einem leisen Quietschen.

Im Halbdunkel dahinter war zunächst nichts zu erkennen. Erst nach und nach wurde ein ängstlich aufgerissenes Augenpaar erkennbar.

»Guten Tag«, sagte eine dünne Stimme. Der Mann war wohl um die Vierzig, mager, hatte schütteres, hellblondes Haar und eine altmodische Brille. Er knetete nervös seine Finger und hatte eine Haltung inne, in der er auf eine sofortige Flucht vorbereitet schien.

»Funke. Von Funke Immobilien«, sagte Funke leutselig. »Ich hatte Ihnen mehrfach auf Band gesprochen.«

Über das Gesicht mit den nervös zuckenden Mundwinkeln huschte ein Ausdruck des Begreifens.

»Bitte hören Sie, ich habe es Ihnen doch bei unserem letzten Telefonat gesagt ...« Die Stimme zitterte, und die Augen suchten überall nach etwas, das sie anblicken konnten, um Funke nicht ins Gesicht sehen zu müssen.

»Aber wir *müssen* uns jetzt endlich unterhalten, Herr Kroschek!«

»Nein, wirklich, ich möchte nicht verkaufen, ich weiß ja auch gar nicht, wie Sie überhaupt darauf kommen, ich ...«

Der Türspalt verkleinerte sich wieder, und das erbärmliche Männlein dahinter murmelte jetzt nur noch unverständliche Worte.

»Aber die Summe, Herr Kroschek! So viel bietet man Ihnen nie wieder!«

Fast war die Tür schon zu. Kroschek war nicht mehr zu hören.

Das reichte jetzt! Funke hatte es im Guten versucht. Jetzt ging es in die nächste Phase!

»Schluss jetzt!« Funke stieß die Tür auf, trat entschlossen in die fast lichtlose Eingangshalle, und Kroschek wich angstvoll zurück. »Herr Kroschek, lassen Sie sich doch endlich belehren! Ich biete Ihnen die einmalige Chance, diesen muffigen alten Kasten zu viel, viel, viel, viel Geld zu machen!«

»Ja, aber ich will doch gar nicht ...«

»Bei dieser Kaufsumme *darf* man gar nicht Nein sagen!« Funke rupfte eine Klarsichthülle aus seiner Aktenmappe und hielt sie vor sich wie der Exorzist sein Kruzifix. »Ich gehe nicht, bevor Sie unterschrieben haben!« Er wurde laut. Er brüllte den kleinen Mann an. Vor einem wie Kroschek hatte er keine Angst. Vor einem wie dem *konnte* man doch gar keine Angst haben!

Die Vorbereitung dieses Geschäfts hatte Funke monatelange Arbeit gekostet. Er hatte Kroscheks Lebensgewohnheiten studiert, seinen Tagesablauf erforscht, seine Herkunft recherchiert. An seinem früheren Wohnort war er allen als liebenswerter, friedliebender Eigenbrötler bekannt gewesen. Als reizender Nachbar, als freundlicher Spaziergänger, als großzügiger Spender bei allen Vereinen. Und jetzt lebte er hier in diesem abseits gelegenen Gemäuer, frönte der Leidenschaft für antiquarische Bücher, sammelte Fossilien und hörte gerne Barockmusik.

Das alles hatte nicht zu Funkes Plan gepasst. Das musste geändert werden.

Funke hatte am Telefon die Stimme verstellt und fremde Menschen wüst angepöbelt und mit zotigen Schimpfkanonaden bombardiert. Er hatte in Kroscheks Namen falsche Bestellungen aufgegeben, Anzeigen erstattet, Streit verursacht, wo auch immer es sich anbot. Sogar

Kroscheks Auto hatte er geklaut und damit mehrere Amokfahrten in der Umgegend zurückgelegt. Groß-mäulig hatte er allen Prügel angedroht, eine Hütte ange-zündet ... Ja, er hatte sogar einen Hund vergiftet!

Er würde dieses Haus nicht ohne die Unterschrift die-ses blutarmen Jammerlappens verlassen!

»Hören Sie, Herr Funke, lassen Sie mir doch bitte Ihre Unterlagen hier, und ich verspreche Ihnen ...«

»Nein!« Er sprang auf Kroschek zu, packte ihn am Kragen seines karierten Hemds und schüttelte ihn. »Denken Sie doch mal nach, Mann! Da draußen sind jede Menge Leute, die es auf Sie abgesehen haben. Die nur darauf warten, Ihnen mal so richtig die Fresse polieren zu können!«

»Aber warum denn nur? Ich habe diesen Menschen doch gar nichts getan!«, winselte Kroschek.

»Das ist denen egal. Die wollen hier keine Fremden! Die hassen Sie, weil Sie anders sind als sie. Sie haben keine Zeit zu verlieren, Mann! Es wird nicht mehr lange dauern, und dann saufen die sich Mut an und kommen mit der Flinte hierhin!«

Er musste wieder an den Bauern von vorhin denken.

Kroschek flossen mittlerweile die Tränen über die bleichen Wangen. »Ich verstehe das alles nicht. Man schickt mir anonyme Drohungen, man ruft hier an und beschimpft mich. Die haben sogar ein paar Mal mein Auto geklaut und es dann mit Beulen wieder auf den Hof gestellt. Die kippen mir einfach Berge von Splitt vor die Tür ...«

Funke fuchtelte mit dem Vertrag herum. »Unter-schreiben Sie, und Sie sind frei!«

Kroschek kauerte mittlerweile neben einem kleinen, wacklig aussehenden Kommödchen und biss auf seinen Fingernägeln herum. »Ich weiß nicht, ich will doch nur in Frieden mit allen ...«

»Das weiß ich! Aber das ist DENEN egal!« Funke deutete mit der Hand auf die halb offen stehende Tür. Und wie auf Kommando ertönten draußen Schritte auf dem Kies.

Der Bauer!

Kroschek fuhr panisch hoch und riss die Schublade des Kommödchens auf. Was er dann mit zitternden Händen zutage beförderte, ließ Funke die Haare zu Berge stehen.

»Ich habe Angst«, greinte Kroschek. »Bittebittebitte helfen Sie mir. Ich habe solche Angst vor diesen Leuten!« Ungenau richtete er jetzt den Lauf einer Pistole auf die Eingangstür.

Jemand klopfte. Es brandete wie Donnerhall durch den spärlich möblierten Raum. Durch den Türspalt war undeutlich ein Schatten zu sehen, der sich hin und her bewegte.

»Das ist der Bauer«, zischte Funke Kroschek ins Ohr. »Der große, brutale Typ. Der mit dem abgefackelten Schuppen.«

»Aber warum ist der denn überhaupt abgebrannt?« Kroscheks Finger fummelten am Abzug der Pistole herum. »Wer hat das getan? Warum hat jemand das getan? Ich verstehe das alles nicht.«

»Das galt Ihnen«, schrie Funke. »Verdammt, das war ein Zeichen für Sie! Als nächstes kommen die mit Feuer!«

Das Klopfen wurde lauter, fordernder.

Funke betrachtete fasziniert die Waffe in der Hand des zitternden Mannes. Das war die Lösung! So würde er ihn loswerden! Auf diese Weise würde Kroschek endlich den Weg frei machen!

»Schießen Sie schon! Los! Die machen Sie sonst fertig!«

Aber Kroscheks Körper wurde jetzt von einem trockenen Schluchzen geschüttelt. Statt abzudrücken, ging er langsam in die Knie und ließ die ausgestreckten Hände mit der Waffe darin sinken.

Funke riss die Pistole an sich und zielte auf die Tür.

Er schoss.

Einmal … zweimal … Er schoss so lange, bis das Magazin leer war.

Dann war es still.

Funke hielt den Atem an und lauschte, was geschah. Auch Kroschek hatte die Augen hinter den Brillengläsern weit aufgerissen und zitterte nun nicht mehr.

Gerade als Funke ein paar zaghafte Schritte auf die Eingangstür zu machte, schwang diese ganz langsam auf, und ein lebloser Körper kippte nach innen auf den Dielenboden.

Funke beugte sich nach vorne, noch immer die Pistole in der rechten Hand.

Im Hintergrund sah er nun mit weit ausholenden Schritten den Bauern über den Vorplatz auf das Portal zustiefeln.

Mit der Linken fasste Funke die Leiche bei der Schulter und drehte sie langsam um. Er fühlte seidiges Tuch und sah große, vornehmlich violette Blumenornamente. Er glaubte, einen Hauch Patschuli zu riechen.

Das Geschäft mit Frau Froelinghaus war soeben gestorben.

Weihnachtsfeier mit Chef

Zimtgeruch und Tannenduft
hängen in der Hallenluft.
Tischgesteck mit Apfelsine,
hübsch geschmückt ist die Kantine.

Sekretärin, Prokurist,
Staplerfahrer, Lagerist,
auch die Frau vom Telefon
freuen sich seit Wochen schon.

Wenn das Jahr zum End' sich neigt
und die Weihnachtsfete steigt,
kommen alle gern hierher,
denn viel Arbeit gibt's nicht mehr.

Und beim Wichteln gibt es Schnaps,
Playboyheft, Corega Tabs,
und für die Frau vom Telefon
ein Kreuzworträtsellexikon.

Alle gucken auf die Uhr,
wo bleibt unser Chef denn nur?
Der, der ganz genau genommen,
nie im Jahr zu spät gekommen.

Schon nach acht, das ist bedenklich.
Ja, er war ein bisschen kränklich.
Ohne ihn, da ist man eins,
wär das Weihnachtsfest doch keins.

Finger werden bang gewunden,
allen scheint es schon wie Stunden,
dass man sitzt und seiner harrt,
und nervös zur Werksuhr starrt.

Doch da kommt er! Jubel schallt,
und ein Schampuskorken knallt,
als die Küchentür sich weitet,
Leute, er ist zubereitet!

So entspannt war sein Gesicht
übers ganze Jahr noch nicht.
Alle Herren, alle Damen
rufen »Prost!« und seinen Namen.

Eine leichte Knoblauchnote
und ein Hauch von Pfefferschote
machen, dass man heute nicht
fieses Kölnisch Wasser riecht.

Alle schmausen, alle schmatzen,
jeder gönnt sich einen Batzen.
Auch die Backen kann man essen,
im Bürostuhl breitgesessen.

Zäh fand stets ihn in der Tat,
wer um Lohnerhöhung bat.
Alle loben frank und frei,
dass er heut' genießbar sei!

Manchmal war er ausgekocht,
dann hat man ihn nicht gemocht.
Häufig kochte er auch über.
So wie heut' mag man ihn lieber.

Braungebrannt, der Bauch, der pralle,
Wie nach vierzehn Tagen Malle.
Auch die Petersilie schmeckt,
die in seinen Ohren steckt.

Die Monteure jubilieren,
geh'n wie stets ihm an die Nieren.
Und die Frau vom Telefon
isst ihr zweites Eisbein schon.

Heute sind sie alle froh,
sonst war oft ihr Chef so roh.
Oftmals war er abgebrüht,
dann war er nicht sehr beliebt.

Man beginnt, zu resümieren,
lässt das Jahr Revue passieren,
summt die alten Weihnachtsweisen
während die Likörchen kreisen.

Jeder schwenkt sein Glas, sein volles.
So ein Chef, das ist was tolles!
Schließlich ist die Feier um,
man lutscht an den Knochen rum.

In der Lichterketten Schein
packt man still die Reste ein.
Und die Frau vom Telefon,
macht sich mit dem Herz davon.

Lichterglanz

Eine Herbie-Feldmann-Geschichte

Mir doch egal, was die Polizei sagt«, ächzte Herbie und beugte sich so weit vor, dass seine rechte Schuhspitze gerade noch Halt auf der obersten Sprosse der Leiter fand. »Das war Mord!«

Mord hin, Mord her, das, was Du machst, ist Selbstmord, mein Bester. Sein ständiger Begleiter Julius stand drei Meter weiter unten zwischen den schneebedeckten Rabatten in Tante Hetties Garten und betrachtete Herbies zirzensische Darbietung mit gerunzelter Stirn. Er sah aus wie ein in Tweed gekleideter Weihnachtsmann. Seine roten Wangen glühten wie Paradiesäpfel.

Seit drei Stunden hangelte sich Herbie nun schon mit schier endlos erscheinenden Lichterketten durch die Wipfel der Bäume, die das riesige Grundstück seiner Tante säumten. Dass der Schnee in diesem Jahr unerwartet früh gefallen war, machte die Sache nicht eben leichter. Die Dämmerung brach an, und er musste sich beeilen, denn Tante Hettie würde keinen weiteren Verzug dulden.

Keuchend kam er die Leiter heruntergeklettert und griff nach der Thermoskanne. Immerhin die hatte sie ihm gnädigerweise auf das Fensterbrett des Gartenhauses gestellt. »Mord!«, sagte Herbie energisch, während er dampfenden Tee in den Becher schüttete. »Da können alle von einem Unfall reden, ich sage, der alte Heuser ist ermordet worden!«

Julius schnaubte verächtlich und entließ Dampfwölkchen aus den Nasenlöchern. *Die Höheluft bekommt dir nicht. Der Greis war sechsundneunzig Jahre alt und voll wie eine Sturmhaubitze, als er versucht hat, mit seinem Rollstuhl die Erft zu überqueren. Und zwar da, wo keine Brücke war.*

»Und ich bleibe dabei, es war Mord!«, sagte Herbie trotzig. Er kannte sich doch aus mit so was. Mehr als einmal schon hatte er den richtigen Riecher gehabt, wenn in der Eifel jemand unter ominösen Umständen ums Leben gekommen war.

Eine schnarrende Stimme ließ ihn herumfahren: »Mord? Was redest Du da schon wieder für einen Mumpitz?« Seine alte Tante stapfte keifend über die vom Schnee geräumten Gehwegplatten auf ihn zu. Ihr Pudel Bärbelchen tänzelte, mit einem rotgrünen Wintermäntelchen bekleidet, um sie herum. »Und vor allem, *mit wem* redest Du da schon wieder? Glaubst du etwa wieder, dieser große, fette Mann sei bei dir? Dieser *Rufus*, oder wie der heißt?«

Julius, sagte Julius pikiert. Herbie widerstand dem Impuls, sich zu seinem imaginären Freund umzudrehen. Die Spitze von Tante Hetties orientalischem Gehstock näherte sich gefährlich seiner Nase. »Wehe, ich höre noch einmal das Wort *Mord* aus Deinem Mund, du Unglückswurm, dann werde ich dafür sorgen, dass du wieder in Behandlung kommst, hast du mich verstanden? Nie wieder Mord! Und jetzt wieder rauf auf die Leiter!«

Als Herbie anderthalb Stunden später mit seinem rostigen Volvo auf der anderen Seite des Tales zum Café

Dachsbau hinauffuhr, schlotterte er ohne Unterlass, weil die Heizung mal wieder kaputt war. Julius saß auf dem Rücksitz, hatte zufrieden die Hände über dem Bauch gefaltet und summte ein Weihnachtslied. Zu ihren Füßen lag ausgebreitet das winterliche Bad Münstereifel. Tante Hetties Anwesen an der Windhecke konnte man selbst aus dieser großen Entfernung erkennen. Nirgendwo sonst glitzerte ein solches Lichtermeer. Und inmitten all der vielen tausend Lämpchen formte sich aus einer einzelnen roten Lichterkette deutlich lesbar das Wort »Mord«. Herbie nickte mit einem bitteren Grinsen.

Ralf Kramp

SO TOT WIE NIE

Taschenbuch, 216 Seiten
ISBN 978-3-95441-391-1
9,95 EURO

Ein herrlich bösartiges Vergnügen
Neues vom Kurzkrimi-König

Drei Kopfschüsse für Aschenbrödel – Mal ehrlich, einer musste
es doch mal tun, oder? Sehen Sie, und wenn Sie auch dieser
Meinung sind, ist dieses Buch das Richtige für Sie.

Ralf Kramps Kurzkrimis gelten als der schwärzeste Humor,
der außerhalb der britischen Inseln zu finden ist. In mehr als
zwanzig Storys und Gedichten kullern Köpfe durch den Schre-
bergarten, modern Opas auf dem Dachboden, finden Kugeln
nur selten das Ziel, das der Leser vermutet. Mit unerwarteten
Haken und überraschenden Pointen liefern diese Kriminalgeschichten rundum bitterbösen Lesespaß.

»Ralf Kramp gilt unter Kennern als Deutschlands bester Fun-Cri-
me-Schreiber.« (derwesten.de)

»Meister des schwarzen Humors.... Ralf Kramp mischt alle Zutaten
zu einem teuflisch guten Krimi-Cocktail.« (Gießener Anzeiger)

KRIMINALROMAN